David Foenkinos

Unsere schönste Trennung

David Foenkinos

Unsere schönste Trennung

Roman

Aus dem Französischen von Christian Kolb

C. H. Beck

Titel der Originalausgabe: «Nos Séparations»
Erschienen bei

Gesetzt aus der Quadraat bei Fotosatz Amann
Druck und Bindung: Pustet, Regensburg
Gedruckt auf säurefreiem, alterungsbeständigem Papier
(hergestellt aus chlorfrei gebleichtem Zellstoff)
ISBN 978 3 406 59840 1

www.beck.de

FÜR ALAIN

Erster Teil

I

Mein Eindruck ist, die Augen des Todes lauern auf mich an jeder Ecke. All meine Bewegungen werden von einer höheren Macht ergründet, einer Macht, die mich meiner zukünftig verwesten Bestimmung zuführt. So liegen die Dinge seit meiner frühesten Kindheit. Ich lebe, und ich denke ständig daran, eines Tages nicht mehr zu leben. Das hat viele erfreuliche Auswirkungen, vor allem, daß man jeden erlebten Augenblick auskostet. Ich bin imstande, den lausigsten Situationen etwas ein klein wenig Sympathisches abzugewinnen. Wenn ich zum Beispiel in der Métro schweißgebadet erdrückt werde, kann ich mir jederzeit sagen: «Welch ein Glück es doch ist, am Leben zu sein.» In meinen Liebesbeziehungen verhält es sich genauso. Ich sehe mir bei der Liebe zu und betrachte es als meine Pflicht, das Gefühl des pochenden Herzens nicht zu vergeuden. Wenn ich neben einer Frau erwache, mustere ich ihr Ohr und bemühe mich, mir die Besonderheiten dieser Pracht ins Gedächtnis zu schreiben. Denn ich weiß, eines Tages werde ich dem Tod reglos gegenüberliegen, allein mit der Erinnerung an die gewesene Sinnlichkeit.

II

Auf der Welt leben drei Milliarden Frauen. Ich frage mich also mit Recht: Warum gerade Alice? Besonders an den Tagen, an denen wir uns in den Haaren liegen. Warum gerade sie, bei all den Chinesinnen und Russinnen? Warum ist gerade sie, die mich in Wallung bringt und zur Verzweiflung treibt, in mein Leben getreten? Ich sage mir, es gäbe bestimmt eine Australierin, mit der ich sehr glücklich werden würde. Süße und liebevolle Australierinnen, die müssen zwangsläufig existieren (am besten wäre eine in der Schweiz geborene Australierin). Aber es hätte Nachteile: Welch schauderhafter Gedanke, einen geschlagenen Tag im Flugzeug zu verbringen, um die Schwiegereltern zu besuchen. Ich hasse Flugreisen; die könnte ich im äußersten Fall überstehen, wenn man im Himmel Schienen legen würde. Letztendlich bin ich, glaube ich, glücklich:

«Alice, mir hätte etwas viel Schlimmeres als du zustoßen können.»

«Du ermüdest mich, Fritz[1]. Du ermüdest mich wirklich.»

«Na dann, gute Nacht.»

Dieser Wortwechsel ist mir in Erinnerung geblieben. Ich erinnere mich auch, wie ich mich neben Alice legte. In der Stille jener Nacht schienen wir so glücklich. Wir waren damals wohl kaum über zwanzig. Um meinen Oberkörper zu stählen, bemühte ich mich, Sport zu treiben und gleichzeitig die gesammelten Werke von Schopenhauer zu lesen, um mir eine gründliche Vorstellung vom Wesen der Bitterkeit zu machen. Diese Mixtur verlieh mir eine gewisse Eleganz, wie

1 *Ja, ich weiß, Fritz ist ein seltsamer Name. Besonders, wenn man kein Deutscher ist. Mein Vater hatte ein Faible für den Roman Mars von Fritz Zorn. So war es mir rundum angenehm, den Vornamen eines Schriftstellers zu tragen, der mit zweiunddreißig an Krebs gestorben ist und gesagt hatte: «Ich finde, jedermann, der sein ganzes Leben lang lieb und brav gewesen ist, verdient nichts anderes, als daß er Krebs bekommt.»*

mir mehrere erkaufte Ansichten versicherten. Womöglich konnte ich ein modernes Heldenleben ins Auge fassen. Allein meine Schlaflosigkeit stand diesem potentiellen Heldendasein entgegen: Wer nicht seinen täglichen Acht-Stunden-Schlaf abbekommt, kann nicht die Menschheit retten. Helden schlafen gut, selbst wenn ein Auge offen bleibt. Sie walten über die Nacht, während ich die Schäfchen dieser Welt zähle; nicht eines von denen ist mir je auf den Kopf gesprungen. Es müßte einmal einem ein Sprung mißlingen. Denn wer von einem Haufen aus Wolle niedergestreckt wird, schläft garantiert gleich ein. Mit den Jahren habe ich gelernt, mein Leid geduldig zu ertragen. Ich stehe nachts auf und lese stundenlang. Bis zum Morgengrauen finde ich oft Zuflucht bei den Wörtern, und manchmal, am Übergang zum Halbschlaf, mischen sich die Buchstaben unter meine Träume.

Alice schlüpfte immer zu schnell in ihre Kleider. Ich flehte sie systematisch an, sie möge mir mehr Zeit geben, ihren heißen Slip zu betrachten.

«Ich komm aber zu spät!» schrie sie.

Man sollte den Frauen das Schreien verbieten. Vor allem am Morgen, wenn ich noch mit der Hoffnung auf einen erotischen Traum ringe. Als erstes müßte ich den Wecker früher stellen, dachte ich. Ich war voll und ganz damit einverstanden, die Minuten, die ich zur Bewunderung der Schenkel meiner Braut benötigte, von meinem Schlaf abzuzwacken. Sie ließ mich allein im Bett zurück, wo ich hin und wieder glücklich einige Haare von ihr fand, untrügliche Indizien dafür, daß sie an der Stelle vorbeigekommen war. Auf die Spuren, die sie hinterließ, sprach ich sie eines Tages an. Sie entgegnete mir:

«Das heißt ja, daß ich eine ziemlich schlechte Geliebte wäre.»

Ich weiß nicht warum, aber das ist just die Sorte von Antwort, bei der mir das Herz aufgeht. In der Logik der Liebe sind wir der Albert Einstein des anderen. Es gibt also noch andere Sätze von Alice, die mich überwältigt haben, die für alle anderen Männer aber ohne Wert sind:

«Mir ist kalt, aber ich schlafe lieber nackt.»

«Eines Tages könnten wir vielleicht ins Kino gehen.»

«Es müßte immer Greyerzer in deinem Kühlschrank sein.»

«Das verbinde ich mit einem Traum von mir, kann mich aber nicht mehr daran erinnern.»

«Ich sollte doch mal am Sonntag in einen Gottesdienst gehen.»

«Tut mir leid, das wollte ich nicht. Liebst du mich noch?»

«Woody Allen macht auch Filme, die nicht komisch sind.»

Und so weiter. Wenn diese Sätze auf Sie nicht wirken, liegt es daran, daß Sie nicht in Alice verliebt sind.

Sie ging, und alsbald schlüpfte auch ich in meine Kleider. Wenn sie die Tür hinter sich zuzog, bedeutete dies, das Tagwerk konnte beginnen. Ich war damals Student, und da ich mich zwischen verschiedenen Disziplinen lange nicht zu entscheiden in der Lage war, hatte ich Kurse auf so unterschiedlichen Gebieten wie Kunstgeschichte und Molekularphysik belegt. Mich interessierten alle Arten von Robert: Musil, Schumann, Bresson oder Zimmermann. Den Leuten um mich herum band ich auf die Nase, daß es sich bei meinen augenscheinlichen Verirrungen um das Resultat einer ausgefuchsten Berufsstrategie handelte. Die Strategie würde ich dann zu gegebener Zeit erläutern. Das war eine meiner Lebenstaktiken: die anderen immer in Sicherheit wiegen und ihnen weismachen, daß mein eigenes Handeln von Vernunft bestimmt ist. War es überhaupt meine Schuld, daß mich alles reizte? Warum mußte ich mich immerzu entscheiden? Das Leben war eine einzige Serie von zu machenden Abstrichen. Es galt, treu zu sein, links zu sein und um 13 Uhr Mittag zu essen. Ich aber wollte eine Geliebte, die rechts wählt, und diese um 15 Uhr zum Mittagessen ausführen.

Vielleicht zog mich genau das zu Alice hin. Vom ersten Augenblick an spürte ich, daß unsere Beziehung abseits der üblichen Pfade verlaufen würde. Das stimmt eigentlich nicht. Das war nicht das erste Gefühl, das ich hatte. Ganz am Anfang stand eine Geste. Mich erinnerte das an *Die Unsterblichkeit* von Milan Kundera, wo die Heldin des Buchs aus einer Geste erwächst. Alice hätte sich im Werk eines großen tschechischen Romanciers wiederfinden können, doch sie spielte lieber eine Rolle in meinem Leben. Es geschah an einem Samstagabend, wir waren zu einer Party eingeladen. Die Umstände hatten nichts Außergewöhnliches an sich, und oft sind das die besten Voraussetzungen, um dem Außergewöhnlichen zu begegnen. Wir waren versehentlich da, im

Gefolge von Freunden von Freunden, und eben diese schöne Verflechtung von Freundschaften führte uns der Liebe zu. Ich meine, der wahren Liebe, die einen in die Kategorie des Lächerlichen katapultiert.

Es dürfte kurz nach drei Uhr morgens gewesen sein. Ich erinnere mich an jede Einzelheit unserer Begegnung, was jedoch die Uhrzeit angeht, muß ich einen Aussetzer gestehen. Es kommt eine Zeit, wo es keine Zeit mehr gibt. Wir waren auf der Suche nach ein wenig Alkohol und zwängten uns in die Küche. In solchen Fällen findet sich stets ein Spaßvogel, der das Witzmonopol an sich reißt, und mitunter reicht es, wenn er ein bißchen lauter als die anderen spricht. Spannungen in dieser Hierarchie treten auf, wo man auch hinkommt. Ein vergnügtes Grüppchen hatte sich um den Scherzbold herum gebildet, das ihn in seiner Gewißheit bestärkte, unbezahlbar zu sein. In diesem lachenden Kreise sind wir uns also, Alice und ich, begegnet. Wir standen uns gegenüber. Entstelltes Gelächter dröhnte in einer Dunsthülle über unseren Köpfen. Es machte hihihi und hahaha. Als Alice diese erstaunliche Geste ausführte, war ihr Gesicht ganz nah an meinem. Sie hob langsam die Hand, strich sich zärtlich über die Nase und faßte sich dann ans linke Ohr. Alles ging so rasch, als stähle sie ihr eigenes Gesicht. Was sie genau mit ihren Fingern tat, ist schwierig zu beschreiben, doch die Verbindung dieser beiden zarten Regungen formte sich zu einer sehr eindringlichen Geste. Und gleich darauf sah ich, wie sie mich ansah. Sie schien fast beschämt zu sein und lächelte mir zu. Dieses Lächeln war nicht dem lachenden Kreis bestimmt. Es galt allein mir. Indem ich es sofort erwiderte, bildeten wir einen weiteren Kreis, der nur aus uns beiden bestand. Unser lächelnder Kreis stellte eine unabhängige Teilmenge des lachenden Kreises dar, eine Abspaltung unter vier Augen.

Als sich der Spaßvogel erschöpft hatte, zerstreute sich sein Publikum. Nach all dem Lachen kam es einem fast traurig vor. Wir waren endlich allein.

«Deine Handbewegung eben hat mir sehr gefallen», sagte ich.

«Ach ja? Welche Handbewegung?» erkundigte sie sich mit einer etwas rauhen Stimme, die mich leicht enttäuschte, doch das lag bestimmt an den Zigaretten und dem Alkohol.

«Als du dir kurz an die Nase und anschließend ans Ohr gefaßt hast. Du hast flüchtig diese beiden Partien deines Gesichts befühlt, und das war wie ein geheimes Zeichen.»

«Hast du was getrunken?»

«Nein, ich bin nüchtern. Wenn einem eine solche Handbewegung auffällt, ist man nüchtern.»

«Ich weiß nicht mehr, was ich gemacht hab.»

«Warte, ich zeig's dir.»

Eine Gelegenheit, ihre Hand zu ergreifen. Sie ließ sich bereitwillig anleiten. Erneut strichen ihre Finger über ihr Gesicht. Ich begriff gleich, daß dabei nur eine billige Kopie herauskommen würde. Mit dieser Geste war die ganze Schönheit des Vergänglichen in die Fingerspitzen gefahren. Das würde kein zweites Mal geschehen. So oft mühte sich Alice in der Folge vergeblich, diesen einzigartigen Moment wieder auferstehen zu lassen. Freilich, um mir eine Freude zu bereiten. Aber auch, um den Glanz dieses magischen Augenblicks wiedererstrahlen zu lassen. Denn sie wußte, daß sie mit dieser Geste mein Herz erobert hatte. Und ich wußte, daß ich sie durch die grenzenlose Zuneigung zu dieser Geste für mich gewonnen hatte.

«Wie heißt die Urheberin dieser Geste?» wollte ich wissen.

«Alice.»

«Alice ... Alice ist gut. Kurz, aber gut.»

«Du findest den Namen zu kurz?»

«Nein, er ist okay. Hauptsache, die Haare sind nicht kurz.»

«Bist du immer so?»

«Du hast nun alle Zeit der Welt, um herauszufinden, wie ich bin.»

«Und wie heißt du?»

«...»

Ich weiß nicht, warum eine Weile verging, bis ich ihr etwas entgegnen konnte. Ich wollte in dem Moment nicht Fritz heißen. Vor allem wollte ich mich nicht hinter Buchstaben verstecken, nicht in Worte kleiden, was uns soeben widerfuhr, ich wollte den Augenblick, in dem wir einander noch unbekannt waren, in die Länge ziehen. Es würde später kein Zurück zu diesem Punkt mehr geben. Der letzte Wimpernschlag der Anonymität und eins, zwei, drei:

«Ich heiße Fritz.»

Sie machte keinerlei Bemerkung zu meinem Vornamen. Aus eben diesem Grund kam es für mich durchaus in Frage, sie eines Tages zu heiraten[2], oder besser noch: daß wir uns gemeinsam einen Hund anschaffen würden.

III

Alice ist eine Tochter aus gutem Hause. Ich kann es ja gleich zugeben: Dieser Umstand neigt eindeutig dazu, mich in Ekstase zu bringen. Sie verfügt über alle körperlichen Eigenschaften eines echten Schatzes: glattes Haar, manchmal mit einem Stirnband, und eine so katholische Art, «ja» zu sagen. Ihre vollendeten Umgangsformen ließen mich ins Schwärmen geraten, und an ihrem Lebensstil entdeckte ich so viele Dinge, die mir gefehlt hatten. Man muß dazusagen, daß meine Eltern Spätachtundsechziger sind und ich eine entsprechende Erziehung genoß (Erziehung ist ein etwas hochtrabender Begriff). Wie traumatisch für ein Kind Ferien in Indien sein können, kann man sich gar nicht vorstellen. Dieses Detail sei nur beiläufig erwähnt. Derzeit sehe ich meine Eltern nicht sehr oft: Sie sitzen irgendwo auf einem Berg im Dunstkreis des Schnurrbarts von Bauernaktivist José Bové. Wenn nicht, dann unternehmen sie gerade eine Reise ans arme Ende der Welt. Sie versäumen keine Anti-Globalisierungsdemonstration. Mir sind schon Gedanken durch den Kopf gegangen, ich könnte ihnen womöglich weniger bedeuten als ein auf Fair-Trade-Basis vertriebenes brasilianisches Reiskorn. Doch wäre es letztlich nicht fair, eine derartige Bilanz zu ziehen. Ich habe mich aber auf ihre Werte einge-

2 *Selbstverständlich wußte ich noch nicht, wie verhängnisvoll sich unsere Geschichte entwickeln würde.*

richtet, fühle mich gerüstet, ohne übermäßig auf ihre Schwachpunkte zu achten. Ich kann auch nicht behaupten, es habe mir an Liebe gemangelt; ich mußte sie nur schlicht und ergreifend mit allen Bedürftigen dieser Welt teilen. In den Herzen meiner Eltern herrschte ein Gedränge, und von daher werde ich seit jeher folgendes Gefühl nicht los: nicht das der Gefühlskälte, sondern das der Gefühlsenge.

Welch ein Klischee: Der Sproß einer Hippiefamilie und eine Bürgerstochter. Ich kann nichts dafür, wir sind alle wandelnde Klischees. Erziehung ist in den meisten Fällen lediglich ein tägliches Übungsprogramm, das uns dahin bringen soll, nicht so zu werden wie unsere Eltern. Alice hat zwar viele Prinzipien ihres Milieus übernommen, geht aber nicht vollkommen mit ihm konform. Sie begegnet ihm mit Respekt und hat es nie darauf abgesehen, gegen die kleinste Regel zu verstoßen. Sie besucht ihre Eltern jeden Sonntag, dieses Ritual ist so festgeschrieben wie der Feiertag selbst. Doch sie führt ein unabhängiges Leben und müht sich ziemlich erfolgreich, sich das Familiendiktat nicht aufbürden zu lassen. Mit anderen Worten: Sie ist imstande, einen Joint zu rauchen, alternativen Rock zu hören, den Marquis de Sade zu lesen und, vor allen Dingen, mit mir eine Liebesbeziehung einzugehen. Ja, der Gedanke, mich zu lieben, hat sicher etwas unbewußt Rebellisches. Ich weiß sehr wohl, daß ich nicht dem Profil des idealen Schwiegersohns entspreche. Trotzdem träumte ich davon, ihre Eltern kennenzulernen. In meiner Gedankenwelt waren sie, obwohl ich viel von ihrer Starrheit gehört hatte, Vorbilder an Zielstrebigkeit. Und mir war ein Alltag, der wie geschmiert durch ein Regelwerk läuft, doch so abgegangen. Jeden Sonntag, als Alice sie besuchen ging, fragte ich:

«Wann wirst du mich vorstellen?»

«Bald.»

«Man könnte meinen, du schämst dich für mich. Hast du ihnen wenigstens von mir erzählt?»

«Hm ... na ja, ein bißchen ...»

«Das heißt?»

«Also, ich habe ein Mal von dir gesprochen ... und die multiplen Studien, die du betreibst, erwähnt ...»

«Und?»

«Am Gesicht meines Vaters konnte ich erkennen, daß er das nicht komisch fand. Deswegen habe ich dann lieber gesagt, daß du ein Freund seist. Ein guter Freund.»

«Ein guter Freund?»

«Fritz! Das mußt du doch verstehen!»

«Wenn ich recht verstehe, muß man eine Eliteuni besuchen, wenn man deine Eltern kennenlernen will.»

«Aber nein ... aber ... besser erst später ... wenn du eine richtige Arbeit hast.»

Als ich merkte, wie sehr sie sich meiner schämte, war ich gekränkt. Meine Aufgebrachtheit war sicherlich nicht ganz ehrlich, denn ich hatte Verständnis für ihre Sichtweise. Zugleich hätte man mir eine Chance geben können. Ich war zwar zerstreut, aber auch gewissenhaft. Diesen Punkt hätte Alice gegenüber ihrem Vater herausstellen müssen, doch sie hatte es vorgezogen, mich durch meine Studienfächer zu charakterisieren. Folglich brauchte ich eine Anstellung, um die Eltern kennenlernen zu dürfen. Glücklicherweise sollte ich bald eine Stelle finden, die auf meine umfangreichen Kenntnisse perfekt abgestimmt war. Ich sollte ein Gehalt beziehen, über Essensgutscheine verfügen und somit in die Erwachsenenwelt eintreten.

IV

In meiner Jugend habe ich, wohl wegen der unregelmäßigen Frequenz meines Herzschlags, nicht genug Sport getrieben. Dieses ständige Wechselbad von Glück zu Unglück ist derart erschöpfend. Ich erlebte mit Alice Momente der Euphorie, in denen ich sie übers Wochenende auf den Mond entführen wollte, in stetem Wechsel mit Momenten der interstellaren Raserei, in denen ich sie am liebsten in den Erdboden versenkt hätte. Ihr erging es wahrscheinlich nicht anders. Sie, die für gewöhnlich so sanft war und flüsterte, konnte plötzlich kreischen und gellende Laute in meine verliebten Ohren kippen. Wir drehten uns in einem Tonartenkarussell. Es fehlte nicht viel, und ich hätte gedacht, daß die Liebe in erster Linie taub macht.

Eines Abends erkundigte ich mich, warum sie so ein Gesicht aufsetzte. Genau, sie hatte ein etwas eigenartiges Gesicht aufgesetzt, wie jemand, der seinen Regenschirm vergessen hat. Nichts nervte sie mehr als meine Versuche, ihre Launen zu ergründen.

«Hör auf, mich zu erforschen! Hör auf, alles analysieren zu wollen! Ich halte es nicht mehr aus!»

Aber ich konnte nicht aufhören und warf ein:

«Warum regst du dich so auf?»

Das war genau der Satz, den ich nicht hätte sagen dürfen. Man kann von einer Frau keine rationalen Erklärungen für ihr Verhalten verlangen. Plötzlich ging sie zum frische Luft schnappen nach draußen. Mir geht diese Redensart oft durch den Kopf: «frische Luft schnappen». Damit soll ausgedrückt werden, daß man, um sie zu schnappen, anderswohin muß. Es heißt buchstäblich: Wo ich bin, ersticke ich.

Wir verjubelten unsere Glücksmomente, benahmen uns zeitweilig wie in der Pubertät, träumten vom Ende unserer Liebe und hielten doch einander fest, waren körperlich nicht in der Lage, der Spielwiese im Käfig unserer Liebe zu entkommen.

«Wie haben wir es nur geschafft, so tief zu fallen?», wollte ich eines Tages wissen, als ich es leid war, sie zu lieben.

«Daran ist unser Schutzengel schuld. Er war betrunken an jenem Abend. Gut möglich, daß die Frau deines Lebens diejenige war, die knapp neben mir stand. Erinnerst du dich noch an sie?»

«Stimmt, die war nicht schlecht ...»

«Ja, genau die richtige für dich. Zart und erloschen. Bestimmt hätte sie dir immer in allen Punkten recht gegeben. Die wäre es gewesen, da bin ich mir sicher. Als der Engel den Liebespfeil abschoß, ist er um ein paar Millimeter abgerutscht. Das ist der Grund all unserer Streitereien. Eine lächerliche Schieflage bei einem verfehlten Bogenschuß.»

Ich dachte mir: Wenn ich mich das nächste Mal in die Liebe stürze, frage ich auch die Frau, die daneben steht, nach ihrer Telefonnummer (man weiß ja nie: Womöglich ist es meine Bestimmung, nur solche Frauen kennenzulernen, die knapp neben den Frauen meines Lebens stehen). Wir ließen diesen ersten Abend Revue passieren. Die Nostalgie hält stets einen Schlupfwinkel bereit. Alice neigte ihr Köpflein zu mir herüber, sie war mein kaputtes Uhrwerk, das Unendliche lag für meine Lippen zum Greifen nah. Ich weiß nicht, weshalb wir so aufgeregt waren, vielleicht war es nur die einfache kindliche Freude über die Versöhnung. Kurze Ausflüge in die Roheit sind wie Adrenalin für das Lächerliche. Somit flüsterte ich:

«Wenn wir erst einmal alt sind und uns in der Schweiz niederlassen.»

«Ja, mein Schatz.»

«Dann können wir uns nicht mehr so viel bewegen. Nicht mehr so viel streiten. Nachts dürfen sich unsere beiden Gebisse in dem gleichen Glas erholen. Unsere Zähne werden gemeinsam glücklich sein.»

Ich träumte vom Leben, das unsere Zähne führen würden. Wir hatten sie einmal verglichen (jeder hat so seine Beschäftigungen), und es hatte sich gefügt, daß wir in vielen Punkten übereinstimmten. Besonders in einem identischen Sprung im dritten oberen Zahn von links. Gibt es vielleicht eine Mystik des Zahns? Werden wir in der Liebe möglicherweise von unseren Zähnen geleitet? Demzufolge würden sich Zahnärzte auf einer verzweifelten Suche nach Seelenverwandtschaften befinden.

Es gibt einen Aspekt meiner Persönlichkeit, auf den ich noch nicht zu sprechen gekommen bin. Ich ertrage keine Konflikte. Der Slogan meiner Neurose lautet: Schließe Kompromisse. Dieser Pazifistenaszendent ist sicherlich mein einziges konkretes Erbstück. Mitunter brachten wir es nicht zuwege, uns zu versöhnen, und der Streit spitzte sich zu. Eines Abends knallte Alice wütend die Tür hinter sich zu, ihr Motiv habe ich vergessen, und, obwohl ich sie in Ruhe hätte lassen sollen, damit sie sich beruhigt, heftete ich mich an ihre Fersen. Ich stürmte durch die Nacht und fing sie ein. Sie sträubte sich: So stellte sich die Choreographie unserer Liebe dar. Sie badete in Schweiß, während ich mich nach ihren sanften Seiten zurücksehnte wie nach einem längst vergangenen Kindheitsglück. Ich verstand nicht die Bohne von dem, was sie sagte. Sie ruderte mit den Armen und war entsetzlich unglücklich, ich verkörperte für sie den schrecklichsten aller Männer. Ich versuchte, ihr zu sagen, daß ich sie liebte, vom ersten Augenblick an, doch meine Worte halfen überhaupt nicht. Sie schlug auf mich ein, und auch ich schlug auf sie ein. Nicht einmal, als wir kurz innehielten, bemerkten wir, daß wir uns vor der Terrasse eines noch geöffneten Cafés befanden. Rund zehn Kunden, denen wir eine Art Offtheater von Avignon boten, wohnten dem Straßenspektakel bei.

Zugegeben, es wäre gescheiter gewesen, wenn jeder sich in seine Ecke verzogen und sich dort abgeregt hätte. Ich war so unglücklich. Wir hatten einen richtigen Streit, einen der heftigsten in der Geschichte unserer Liebe. Am nächsten Morgen fuhr ich panisch aus dem Schlaf hoch. Alice hatte die Nacht anderswo verbracht. Und ich wußte, sie würde nicht den ersten Schritt unternehmen. Sie war zu stolz. Wohl saß sie seelenruhig in ihrem Seminar. Während ich an unseren Auseinandersetzungen zugrunde ging, kam es bei ihr vor, daß sie sich nicht einmal mehr daran erinnerte. «Ach was, das hab ich gesagt?», fragte sie mich, und ich kam nicht recht dahinter, ob sie sich auf garstige Weise über mich lustig machte oder ob ihr die gefährliche Gabe des Gedächtnisschwunds zu eigen war. Ich glaube, vor allem wuchs bei ihr schnell Gras über die Sachen, ich hingegen war das Urbild des Mannes, in dessen Kopf sich alle möglichen Konstellationen immer wieder im Kreis drehten. Was sollte ich tun? Ich fürchtete, ohne sie von einer Krankheit befallen zu werden. Was für ein Unsinn. Bisweilen dachte ich, sie beschütze mich vor Infektionen und Epidemien.

Am Eingang zu ihrer Uni holte ich sie ab. Alice studierte Germanistik, und würde Lehrerin werden. Für mich war Deutsch eine zauberhafte, um nicht zu sagen erotische Sprache. Hitler hat sie mit seinem Gebelle um die Ecke gebracht. Beim Sex bat ich sie oft, mir deutsche Wörter ins Ohr zu flüstern. Nichts verstörte mich mehr. Als ich auf sie wartete, dachte ich wieder an unser Vorhaben, bald nach Berlin aufzubrechen (eine Reise, die wir nie machten), und ich wünschte mir so sehr, über den Savignyplatz zu spazieren und ihren linken Arm zu halten. Alice mochte diese Sprache dergestalt, daß sie sie unterrichten wollte, und mit der Zeit hatte ich verstanden, daß der Vorname Fritz sich zu meinen Gunsten ausgewirkt hatte. Was für ein Glück, daß er mir endlich was brachte, nachdem er mir all die Jahre nur zur Lächerlichkeit gereicht hatte.

Der Streit am Vorabend war absurd gewesen. Ich hoffte, sobald sich unsere Blicke begegneten, würde alles vergessen sein. Um den Hals hatte ich mir ein Schild gehängt, worauf zu lesen war:

«Du kannst mich mal!»

Alice trat aus dem Gebäude. Ich sah, wie sie sich auf mich zubewegte, wie sie sich bemühte zu entziffern, was ich geschrieben hatte. Sie schenkte mir ein breites Lächeln und beschleunigte ihren Schritt, um mir um den Hals fallen zu können. Dann flüsterte sie: «Du kannst mich auch mal.»

Es war die wahre Liebe.

V

Die Monate vergingen, und schließlich war es Sommer. Alice fuhr wie jedes Jahr in das Haus ihrer Familie in der Bretagne. Meine Wenigkeit war nicht eingeladen. Da ich nicht mehr gewillt war, mich darüber zu ärgern, daß sie mich von ihrer Verwandtschaft ausgrenzte, hatte ich mir anderes vorgenommen. Ich mußte an meine berufliche Zukunft denken. Um einen Praktikumsplatz zu ergattern, hatte ich zahlreiche Briefe verschickt. Ich hatte Schritte in sehr verschiedene Richtungen unternommen und harrte nun wie bei einem russischen Roulette der Ergebnisse. Mein Leben lag in Schicksals Händen, und ich versuchte, mir dieses Schicksal wie eine liebenswürdige Dame vorzustellen. Das Verlagshaus Larousse nahm recht rasch Kontakt zu mir auf. Am Telefon hatte eine Frau leichte Lacher hervorgebracht und das Besondere an meinem Lebenslauf angesprochen.

«Guten Tag, ich bin mit Céline Delamare verabredet.»
«Ausgezeichnet, ich sage ihr Bescheid.»

Dieser Dialog mag harmlos anmuten, doch ich spürte, daß in eben diesem Augenblick etwas Bedeutsames geschah. Als ich die Eingangshalle eines Konzerns betrat, einer Telefonistin zulächelte und ihr den Grund meines Vorsprechens nannte. Da hatte ich plötzlich das Gefühl, Teil dieser Gesellschaft zu sein. Auf dem Fußabtreter an der Tür zu einem geregelten Leben zu stehen. Von nun an würde alles, was von meiner chaotischen Kindheit übrigblieb, das Studium, in dem ich mich momentan verzettelte, der Vergangenheit angehören. Hier fand zwar nur ein erstes Vorstellungsgespräch wegen eines Praktikums statt, doch hier begann Teil zwei meines Lebens.

Das Vorstellungsgespräch nahm einen sehr guten Verlauf. Céline Delamare, die Leiterin der Personalabteilung, war auch für die Praktikanten zuständig. Während sie die Konditionen herunterspulte, beobachtete ich sie aufmerksam. Sie verkörperte für mich die Frau, die im Berufsleben steht, und ich hatte so große Lust, mehr über sie zu erfahren. Sie mußte fast vierzig sein, aber ich war mir nicht sicher. Womöglich jünger, womöglich älter. Bei dieser ersten Begegnung fiel mir insbesondere ihre Farbe auf. Céline Delamare war rot. Passend zu Larousse, was ja nichts anderes als die Rothaarige heißt. Der Pulli, den sie trug, ihre Lippen, der Schimmer ihres Haars sowieso, bei ihr herrschte eine rote Atmosphäre. Sie war mit rot im Einklang. Und dies, das muß ich zugeben, machte einen gewissen Eindruck auf mich.

«Geht's? Fühlen Sie sich wohl? Sie sind ja ganz rot», brachte sie hervor.

«Sie auch», gab ich mechanisch zurück.

Sie schmunzelte. Ich glaube, sie hatte nicht recht verstanden, was ich hatte sagen wollen. Sie erhob sich, um mir ein Glas Wasser zu holen. Und ich fand meine Fassung wieder.

«Vielen Dank.»

«Hoffentlich entpuppen Sie sich in Ihrem Praktikum nicht als großer Empfindsamer.»

«Nein, das passiert mir zum ersten Mal.»

«Sie sind ja ein besonderes Exemplar[3].»

«Ach ja? Wie kommen Sie darauf?»

«Keine Ahnung ... sicherlich aufgrund Ihres Lebenslaufs ... mir ist noch nie jemand untergekommen, der derart viele Studiengänge absolviert hat ... für uns ist das ideal. Wir brauchen Leute, die ein breitgefächertes Wissen haben.»

«Ich bin mir nicht sicher, ob es so breitgefächert ist.»

«Wir werden sehen. Wenn Sie wollen, können Sie am Montag anfangen.»

«Das will ich gern.»

3 *In dem Roman* Das erotische Potential meiner Frau *eines gewissen David Foenkinos stellt sich der Held die Frage: «Kann man denn mit einer Frau schlafen, die einen für ein besonderes Exemplar hält?»*

Es trat hierauf ein Augenblick des betretenen Schweigens ein, den ich mir so erkläre: Wir hätten das Gespräch wohl beide gern fortgesetzt, doch hatten wir keinen Stoff mehr, den wir hätten ausbreiten können. Es war Zeit aufzubrechen. In dem Moment, als ich die Tür öffnen wollte, kam mir folgendes zu Ohren:

«Fritz, wenn Sie in Ihrem Praktikum irgend etwas brauchen, scheuen Sie sich nicht und kommen in mein Büro.»

«Okay, Madame», erwiderte ich in einem lächerlichen Tonfall.

Ja, ich hatte die Lächerlichkeit besessen, sie Madame zu nennen, doch sollte sich das Lächerliche als verbindendes Element erweisen.

Verstörte Wesen, in der Lächerlichkeit vereint.

Ich verkündete Alice die Nachricht, doch sie schien gar nicht froh darüber zu sein. Die neuen Bekanntschaften, die ich machen würde, gebärdeten sich für sie wie gewaltige Maschinerien, die sie ausschließen würden. Sie begrüßte ein reges und geregeltes Leben meinerseits, aber dennoch glaube ich, daß sie meine Versuche, etwas ohne sie zu unternehmen, eher schlecht vertrug. Schließlich mußte sie einräumen, daß es mir guttun würde, wenn ich lernte, wie ein Unternehmen funktionierte. Um die Wahrheit zu sagen, war ihre Haltung von Eifersucht bestimmt; sie würde wegfahren, während ich hierbleiben und mich in ein neues Abenteuer stürzen würde. Sie konnte mir jedoch nichts vorwerfen, denn man hatte mich zu den Ferien am Meer ja nicht eingeladen. Wieder einmal standen uns die Sinne so halb nach Pflaume, halb nach

Pfirsich (jeder hat so seine Ausdrücke), und ich dachte mir, vielleicht wäre ich ganz glücklich, die Zeit ohne sie zu verbringen. Seit Monaten klebten wir förmlich aneinander, genügten uns selbst in der Offenbarung unserer Liebe, insofern wäre eine erste Trennung bestimmt eine Wohltat.

An dem Tag, an dem sie in die Bretagne abreiste, schwankte ich zwischen ängstlichen und euphorischen Momenten hin und her. Als ich sie zum Bahnsteig begleitete, weinte mein linkes Auge, während das rechte lachte. Ich sah dem Zug, der ihren Leib mit sich forttrug, hinterher. Alice war so schön, und ich dachte an all die Knaben, die sie nicht aus den Augen lassen und vorgeben würden, aufs Klo zu müssen, um einen Blick auf ihre Beine zu erhaschen. Ich sagte mir: Vielleicht habe ich Alice zum letzten Mal gesehen. Solche Gefühle beschleichen mich eigentlich immer, wenn ich jemanden zum Zug bringe. Geradlinig bahnt er sich seinen Weg in eine allmähliche Leere, und plötzlich steht man ohne den anderen da.

VI

Bei Larousse wußte man mich sehr bald zu schätzen. Man muß dazusagen, daß ich mich in dieses Praktikum aber auch wirklich hineinkniete. Ich nahm Überprüfungen hinsichtlich der jährlichen Überarbeitung des Lexikons vor. Stundenlang vergaß ich mich in der Welt der Zitate. Peu à peu lernte ich, das ganze Universum zu definieren. Wenn ich unter einer Straßenlaterne wandelte, fiel mir ein, daß das Wort seinen

Ursprung im lateinischen *lanterna* hatte. Es mag einem lächerlich erscheinen, aber das war wie eine Macht, die mir innewohnte. Die etymologischen Kenntnisse formten mich zu einem charakterfesten Mann.

Ich teilte ein Büro mit Paul, einem weiteren Praktikanten. Wir aßen fast jeden Tag gemeinsam zu Mittag, so daß wir sehr bald keine Geheimnisse mehr voreinander hatten. Paul war Langzeitjunggeselle. Sein letztes sinnliches Erlebnis hatte er vermutlich noch in schwarzweiß gehabt. Dabei war er nicht unansehnlich. Und ziemlich brillant. Was konnte man da machen? Es schien zuallererst schwierig, jemanden kennenzulernen. Wir trieben dahin, in urbaner Einsamkeit, und es stimmte uns traurig, daß die Frauen sich uns nicht darboten, nicht einmal aus Mitleid. Paul gab die Hoffnung nicht auf und erläuterte mir seine neueste Taktik. Seitdem das Rauchen in öffentlichen Lokalen verboten war, hatte er sich bemüht, mit dem Rauchen anzufangen. Die perfekte Methode, um Bekanntschaften zu machen. Er hatte jedoch eine anfällige Lunge, und so litt er unter unerfreulichen Übelkeitsanfällen. Einige Tage lang hatte eine schwerwiegende existentielle Frage an ihm genagt: Hatte er zwischen Krebs und sexuellem Elend zu wählen? Letzten Endes beschloß er, seiner Gesundheit den Vorzug zu geben. Eine gute Wahl, denn es sollte nicht lange dauern, bis er einer tollen Frau begegnete. Und diese Begegnung sollte der ganz besonderen Art sein.

Beim Mittagessen machten wir gern unsere Übungen:

«Weißt du, was ein Sybarit ist?» fragte mich Paul.

«Nein.»

«Das ist jemand, der ein unbeschwertes und wollüstiges Leben führt.»

«Und weißt du, was man unter einer Radula versteht?»

«Eine Sprache?»

«Nein. Das ist die rauhe Zunge der meisten Weichtiere.»

«Ah, phantastisch. Guten Appetit.»

Ich wage mir nicht auszumalen, was unsere Tischnachbarn von unseren Gesprächen hielten. Wir kamen daher wie zwei Esel, die fürs Examen büffelten, wie Bouvard und Pécuchet des Lexikons. Wir waren ganz in unserem Element. Die Liebe zu den Wörtern und ihren Bedeutungen schweißte uns wahrlich zusammen. Und half, das Ungesagte aus der Welt zu schaffen.

Das große Paradoxon jenes Sommers war dies: Während ich Definitionen für das Universum fand, erschien mir mein eigenes Leben wie ein weites undefinierbares Feld. Mit dem, was ich «mein eigenes Leben» nenne, meine ich Alice. Nachdem wir im Juli am Telefon ausgiebig gestritten hatten, hatte sie beschlossen, den ganzen Sommer in der Bretagne zu bleiben. Ich durfte mir vor allem anhören, daß ihr ein Freund aus ihrer Kindheit wiederbegegnet war und daß sie viel Zeit miteinander verbrachten. Er war der Sproß eines mit ihren Eltern befreundeten Paares. Vom gesellschaftlichen Standpunkt aus eine tadellose Verbindung. Er verkörperte alles, was ich nicht verkörperte. Unsere Geschichte ist vorbei, dachte ich, man kann seiner Herkunft nie entrinnen. Für mich hatte das Schicksal notgedrungen eine Joan-Baez-Verehrerin mit nicht mal glattem Haar vorgesehen, die ich in einem Bio-Restaurant kennenlernen würde.

Obwohl sie mir immer sorgenvollere Nachrichten hinterließ, hatte ich mich über zehn Tage lang geweigert, mit Alice zu sprechen. Dann nahm ich eines Tages ab.

«Aber Fritz, warum hast du mir das angetan?»

«Du schienst mit dem Kerl aus der fünften Klasse so glücklich zu sein.»

«Du bist abscheulich. Dich liebe ich doch, und ich finde es unmöglich, wie du dich aufführst.»

Diese Frau war außergewöhnlich: In zwei Sätzen war es ihr gelungen, mir die Schuld in die Schuhe zu schieben. Ich konnte eine solche Fähigkeit nur bewundern. Konnte mich nicht mehr an den Anlaß unseres Streits erinnern. Wußte nur noch, daß sie diesen Kerl erwähnt hatte, der mir zutiefst auf den Geist gegangen war.

«Hast du mit ihm geschlafen?»

«Du hast wohl nicht mehr alle Tassen im Schrank!»

«Ich muß es wissen, Alice.»

«Was mußt du wissen? Da gibt's nichts zu erzählen. Ich wollte lieber hier bleiben. Und ein bißchen meine Ruhe haben. Nichts weiter.»

«Du bist ein richtiger Sybarit!»

«Ein was?»

«Vergiß es.»

«Fritz[4], ich halte das nicht mehr aus! Wir sind nicht glück-

4 *Ich fand immer, daß sich mein Vorname in Auseinandersetzungen nicht besonders glaubhaft anhört.*

lich, wenn wir zusammen sind. Und wenn wir voneinander getrennt sind, ist es noch schlimmer. Ich halte das nicht mehr aus. Du mußt eine Lösung finden.»

«Dann komm zurück.»

«Wann?»

«Jetzt. Komm gleich zurück, Alice. Auf der Stelle. Spring in den Zug.»

«Du meinst, wie im Film?»

«Ja. Und in Romanen passiert so was auch.»

Und so ging jener Sommer, in dem wir uns nur in den Haaren gelegen hatten, zu Ende.

Doch zu spät: Jetzt regnete es.

Am Bahnhof fiel mir mein Schatz in die Arme (welch Glücksmoment im wenig bewegten Leben meiner Arme). Sämtliche Passanten mußten glauben, daß wir ein ungetrübtes Liebesleben führten. Sie hatten durchaus recht. Als wir auf mein Zimmer kamen, entdeckte Alice eine Flasche Champagner.

«Oh, wie niedlich. Feiern wir damit unser Wiedersehen?»

«Ja. Und noch etwas anderes.»

Ich verkündete ihr also die guten Neuigkeiten.

VII

Auf einem Korridor war mir ein paar Tage zuvor Céline Delamare über den Weg gelaufen. Im Laufe meines zweimonatigen Praktikums hatte ich sie fast nicht gesehen. Sie war zurück aus den Ferien und sah sonnengebräunt aus. Dennoch las ich in ihrem Gesicht etwas Überanstrengtes. Sie wollte mich sprechen. Ich fragte, ob ich ihr auf der Stelle folgen müsse.

«Ja, auf der Stelle», meinte sie in geradezu autoritärem Ton.

Ich konnte mir keine abschließende Meinung über sie bilden. Etwa: Hielt ich sie für eine starke oder für eine schwache Frau? Natürlich wirkte sie stark und übte aufgrund ihrer hohen beruflichen Stellung Macht über mich aus, doch je länger ich sie betrachtete, desto mehr funkelten die Scherben ihrer Zerbrechlichkeit durch. Ich erinnere mich, wie ich mir eines Tages gesagt hatte: «Vor ihr mußt du dich in acht nehmen, du mußt dich vor ihr in acht nehmen ...». Diese Vorahnung hätte ich nie vergessen dürfen.

Céline teilte mir mit, daß man allseits sehr zufrieden mit mir war. Anschließend erfuhr ich, daß man mich behalten und mir ein Vertragsangebot unterbreiten wollte. Einen Moment lang stand ich etwas unschlüssig herum. «Vertrag», ich mochte das Wort nicht. Ich dachte an meine Eltern, an die Schlinge, die sich um meinen Hals legte, an all die Gemeinplätze, die man mir im Hinblick auf das triste Dasein, das in einem großen Unternehmen auf einen zukam, eingeschärft hatte. Céline erwartete eine Reaktion, doch ich erging mich noch ein wenig in meinen Überlegungen. Nun fand sie Eingang in meinen Gedankenstrom, und ich stellte mir vor, wie ich jeden Tag dieser Frau begegnen würde, mir gefiel diese Frau, das mußte ich mir plötzlich eingestehen, ihre rundlichen Formen gefielen mir und die rote Farbe. Sie lächelte mir breit zu, so daß ich ihre Zähne sehen konnte; vielleicht würden auch unsere Zähne miteinander glücklich sein? Mußte man zahntechnisch unbedingt treu sein?

Nach dieser mentalen Abschweifung gab ich unumwunden bekannt, daß mir das Vertrauen des Larousse Verlags sehr schmeichelte und ich alles daran setzen würde, um sie nicht zu enttäuschen. Es war für mich wahrhaftig die ideale berufliche Tätigkeit. Ich würde mit der Überarbeitung der Enzyklopädie betraut sein. Nachdem ich erst einmal meine Anfangsbedenken abgelegt hatte, erfüllte mich die Aufgabe mit unermeßlicher Freude. Ich konnte nicht umhin zu lächeln, idiotisch zu lächeln, und das mußte aufhören, sonst würde meine lächerliche Kinnbackenstarre in Céline Delamare das Bedürfnis wecken, ihr Angebot zurückzuziehen. All die neuen Begriffe, die das große Heer der Begriffe umfassen sollte, schwirrten mir durch den Kopf. Und noch ein anderer wichtiger Punkt, was meine Stelle betraf: Zu meinem Verantwortungsbereich gehörte das Verfassen von Neueinträgen, von kurzen biographischen Abrissen, die einer Auswahlkommission zur Beurteilung vorgelegt wurden. Von nun an würde ich also ständig mit Geschicken in Berührung kommen, die kurz vor der Aufnahme in die Enzyklopädie standen; mit Lebensläufen, die das Potential hatten, der Nachwelt überliefert zu werden.

*

Maxim Twombly (1958 –): New Yorker Künstler, der von frühester Jugend an mit seinen von Dylan Thomas inspirierten Gemälden Aufsehen erregte. Als sein Hauptwerk gilt *Das Le-*

ben als Quadratur des Kreises. Am 8. Dezember 1980, am Tag, als John Lennon ermordet wurde, zog er einen endgültigen Schlußstrich unter seine Laufbahn.

*

Entzückt bemerkte Céline Delamare meine Zufriedenheit:

«Wundervoll. Wir werden also Gelegenheit haben, uns besser kennenzulernen», sagte sie.

«Jawohl, das ist übrigens genau der Grund, weshalb ich diese Anstellung annehme», gab ich reichlich selbstsicher zurück. Ich war von mir selbst überrascht. Das war eindeutig kein Praktikantenausspruch; das klang schon sehr nach befristetem Arbeitsverhältnis, um nicht zu sagen unbefristetem Arbeitsverhältnis. Es tat mir wohl auch gut, so zu einer Frau zu sprechen. Ich brauchte das, wie um mir zu beweisen, daß Frauen keine von Liebespaaren aus der Welt geschafften Wesen waren. Dennoch war mir klar, daß ich Alice keinesfalls betrügen könnte, diese Frage stand gar nicht im Raum, im Raum stand schlichtweg die Frage, wie sich in der Sinnenwelt verweilen ließ.

Ich erzählte Alice die Neuigkeiten. Diesmal sprang sie mir an den Hals. Ich spürte, daß sie sich für mich freute, sogar stolz auf mich war, und plötzlich enthüllte sie wieder ihre Eigenschaft, mich ohne Sinn und Verstand zu lieben. Sich einen Teil des Sommers eifersüchtig zurückzuziehen, war ziemlich lächerlich von mir gewesen. Wir hatten so viel Zeit verloren. Es galt einiges nachzuholen. Nachdem wir den Champagner geleert hatten, legten wir uns hin, für einen

Spätsommer war es warm draußen, und ich erinnere mich, wir lagen fürs erste eine Zeitlang reglos da, in einer eigenartigen Stellung, nahezu ineinander verkeilt, unsere Körper deformiert wie in einem Bild von Francis Bacon. Und dieser Eindruck wurde dadurch noch seltsam verstärkt, daß sich in der Nähe des Bettes ein Spiegel sowie ein Fenster befanden, in deren Widerschein wir uns in dieser Stellung verdreifachten. Wir stellten zu zweit ein Triptychon dar.

Nach den Trugbildern der vergangenen Wochen waren unsere Körper wieder vereint. Ich hatte den Eindruck, Geschmack an der Sache zu finden. War wieder ganz ich selbst. Und mein Herz pochte in anarchischer Weise. Wir küßten uns ausgiebig, anfangs ohne Zunge, dann mit Zunge, dann erneut ohne, und schließlich wieder mit. Die Übergänge von der Zungenwelt in die zungenlose Welt ähnelten Grenzgängen. Jedes Detail unserer Sinnlichkeit, so lächerlich es auch sein mochte, trug im Rahmen unserer Wiedervereinigung eine undefinierbare, mythische Größe erstaunlichen Umfangs in sich. Ich fühlte, wie sich ihre Brustwarzen aufrichteten. Da begann Alice, mich zu masturbieren. Das Vorspiel war, als brächen wir zu einer langen Reise auf. Wir hätten uns ebensogut roher und schneller lieben und uns nach all der Zeit, in der wir voneinander getrennt waren, aufeinander werfen können. Doch wir zogen die Langsamkeit vor, den Takt der großen Gefühle.

«Nicht aufhören», bat ich.

Sie streichelte mich sanft weiter, beschleunigte hier und da den Rhythmus, drückte den Mund an mein Ohr und seufzte hinein. Ich hätte in ihrer Hand kommen können, so stürmisch war meine Erregung.

«Nicht kommen», sagte sie. «Ich will dich, jetzt.»

Sie sprach diesen Satz wie ein Urteil aus, von der Verkündigung bis zur Vollstreckung. Also drehte ich sie herum, preßte sie an mich und streichelte sie zugleich. Sie kam auf mir, was ihre Lieblingsstellung war, dann kam ich auf ihr, was meine Lieblingsstellung war. Anschließend nahmen wir wieder unsere Stellung in der körperlichen Abgeschiedenheit ein.

Eine Stille breitete sich zwischen uns aus. Wir badeten in Glück und Schweiß, den Schwaden der Erschöpfung. In diesen Augenblick hinein gab Alice kund:

«Jetzt, wo du eine Arbeit hast, muß ich dich meinen Eltern vorstellen.»

VIII

Ich hatte in meinem Leben bereits einige Ängste ausgestanden, doch diese stellte das Bisherige in den Schatten. Schuld daran hatte vor allem Alice, die mich herausputzte, als gelte es, vor einigen Außerirdischen das Menschengeschlecht zu repräsentieren. Seit annähernd einer Stunde mühte sie sich, mich anständig zu kämmen. Sie drückte meinen Kopf mit einer Bürste nieder, wollte unbedingt, daß die Individualität meiner Kapillaren auf der Strecke blieb. Ich stieß Schreie aus, glich zunehmend einem Sträfling.

«Aufhören! Laß mich ein bißchen natürlich wirken, ist doch besser.»

Sie betrachtete mich eingehend und sah sich dann in ihrem Entschluß bestärkt:

«Nein. Natürlichkeit kannst du dir abschminken.»

Nach einiger Zeit gestand sie ein:

«Du machst tatsächlich einen leicht geräderten Eindruck. Ich mach dir einen Karottensaft.»

«Ich mag keinen Karottensaft.»

«Egal. Du mußt gesund aussehen.»

«Aber mir wird schlecht davon! Ist es das, was du willst? Daß ich grün anlaufe?»

«Oh, du strengst dich wirklich überhaupt nicht an!»

«Ich hab doch jetzt eine Arbeit. Ich kann sagen, daß ich viel arbeite, daher mein müdes Gesicht.»

«Dann werden sie denken, daß du dich ausbeuten läßt, das macht es nur schlimmer.»

Was ich auch sagte, Alice hatte stets etwas einzuwenden. Ich nahm sie in die Arme und versuchte, sie zu beruhigen, wo doch ich derjenige war, der furchtbar Angst hatte. Alles würde gut gehen. Wir mußten nur einen Sonntag überstehen.

«Meine Schwester wird auch da sein», bemerkte Alice.

«Ach ja?»

«Ja, sie ist gerade aus Südamerika zurückgekehrt.»

«Was hat sie gleich noch mal dort gemacht?»

«Du weißt schon, diese Doktorarbeit über flüchtige Naziverbrecher.»

Die Rückkehr der Schwester war eine Erleichterung. Ich würde nicht alleine im Mittelpunkt des Interesses stehen. So eine Nazisuche verdiente es wahrlich, ins Licht der Aufmerksamkeit gerückt zu werden. Im übrigen war ich vor allen Dingen darauf gefaßt, als eine Art Waschlappen dazustehen. Ich würde alles daran setzen, um diesen in den Augen meiner Verlobten historischen Moment nicht zu verderben.

Kaum hatte ich das Haus betreten, begriff ich, daß die Aufgabe nicht einfach werden würde. Die beiden Schwestern warfen sich einander in die Arme. Demnach wurde ich Lise noch im Flur vorgestellt. Den Rest meines Lebens werde ich, wenn ich an Lise denke, an diesen Augenblick im Flur zurückdenken. Sie steckte anscheinend voller Lebensenergie. Durch ihre seltsame Art zu hopsen, ohne dabei vom Boden abzuheben, befand sie sich in so etwas wie einer stetigen minimalen Aufwärtsbewegung. Der langen Rede kurzer Sinn: Ich mochte sie sofort und sie mich auch.

«Ich weiß nicht, was dir meine Schwester erzählt hat, aber keine Sorge, das wird schon wie am Schnürchen klappen.»

«Ja? Wenn du das sagst.»

«Unser Vater ist ein kleiner Brummbär, aber eigentlich ganz nett, das wirst du gleich merken.»

Daraufhin begaben wir uns in die Küche. Die Küche war schön, wohl von etwas zu gewaltigen Ausmaßen. Eine zu große Küche wirkt immer lächerlich. Ich entdeckte Alices Mutter, die verloren zwischen ihren Töpfen stand und in der depressivsten Gemütslage, die man sich vorstellen kann, verdunstete. In der Luft hing ein Kaninchenduft. Éléonore bewegte sich auf mich zu, jedoch nicht allzu entschlossen, denn es mußte zu erkennen sein, daß es vorrangig an mir war, sich auf sie zuzubewegen. Ich war der Gast, und der Gast soll schneller gehen als der Gastgeber. Von diesem ersten Augenblick an erschien sie mir extrem ausgelaugt. Was ihr an vitaler Kraft geblieben war, lag wahrscheinlich gut versteckt in einer der unzähligen Schubladen dieser überdimensionalen Küche.

«Also Sie sind Fritz?» sagte sie zu mir.

Die Betonung lag auf dem «also». Sie hatte dieses «also» nicht mit einem deutlichen Seufzer, aber leicht angehaucht ausgesprochen, wie einen verhaltenen Windstoß an einem Sommerabend: Man ahnt noch nicht, daß man frieren wird, genau das lag in diesem «also».

«Ja, das bin ich», erwiderte ich.

Was für eine idiotische Antwort, ich gebe es zu. Aber was hätte ich sonst sagen sollen? Alice wollte bei diesen Bekanntmachungen nicht die geringste Stille aufkommen lassen. Also stürzte sie sich auf den erstbesten Gesprächsstoff: den Geruch im vorliegenden Fall.

«Oh, du hast ein Kaninchen zubereitet! Das trifft sich gut, Fritz ißt schrecklich gern Kaninchen! Nicht wahr, Fritz, nicht wahr, du ißt schrecklich gern Kaninchen, hm? ... Gestern hast du noch zu mir gesagt ... du hast zu mir gesagt, ach das ist ja merkwürdig, obwohl ich so schrecklich gern Kaninchen esse, esse ich nicht oft genug Kaninchen, stimmt's Fritz, stimmt's, daß du schrecklich gern Kaninchen ißt?»

Alice brach ihren Kaninchenmonolog ab. Ihre Schwester und ich starrten sie an, verdutzt über derartigen Überschwang. Ihren Redeschwall hatte sie immer wieder rhythmisch mit kleinen, diskreten, aber wirkungsvollen Ellenbogenstößen begleitet:

«O ja, ich esse schrecklich gern Kaninchen ... Kaninchen sind wirklich gut ... Und sie haben ja so ein freundliches Wesen.»

«Ein freundliches Wesen?» fiel mir Éléonore ins Wort.

«Ja, nun ja, nicht immer ... manche Kaninchen sind verhaltensgestört, dann hat man wirklich guten Grund, sie umzulegen und aufzuessen ... und ich tu das schrecklich gern ... das Essen ... öh ... Kaninchen essen ...»

«O ja, er tut es schrecklich gern», sagte Alice noch einmal.

Ihre Mutter musterte uns, als seien wir zwei geistig Zurückgebliebene. Schließlich faßte sie mich fest ins Auge, und ich durfte in ihrem Blick lesen:

«Du magst ja ein freundliches Wesen haben ... und magst dich tüchtig ins Zeug legen ... aber wenn du ernsthaft glaubst, daß wir es zulassen werden, daß unsere Tochter mit einem Kasper wie dir zusammenzieht, das brauchst du dir nicht im Traum einfallen zu lassen ...»

Ich wäre am liebsten gestorben, doch man bot mir vorher noch einen kleinen Todeskampf an: die Begegnung mit dem Vater.

Lise versuchte nach wie vor, die Atmosphäre zu entspannen, und ich rechnete ihr ihre Bemühungen hoch an. In der Gesellschaft der Eltern schien sie sich pudelwohl zu fühlen, sie hatte es spielend fertiggebracht, ihren Lebensstil durchzusetzen. In Familien mit zwei Kindern kommt es häufig vor, daß man sich bei dem einen mit dem abfindet, was man beim anderen nicht erträgt. Im Gegensatz zu Lise mußte sich Alice um jeden Preis in ein gesellschaftliches Korsett zwängen. Als die jüngere von beiden sollte sie als Hoffnungsträgerin für ein geregeltes Leben herhalten, eine gute Partie machen und recht weiße Kinder kriegen. Wenn sie das nicht tat, war niemand mehr da, der die Fackel dieser trübsinnigen französischen Lebensart emporrecken konnte.

Der Vater saß auf seinem Kanapee, überflog die Zeitung, sann sicherlich gleichzeitig über seine Aktien an der Börse nach und träumte von der Zigarre, die er nach dem Essen rauchen würde. An der Art und Weise, wie er sich räkelte, ließ sich erkennen, daß in seiner Welt alles auf die Zufriedenstellung seiner Person abgestimmt war. Er tat so, als hätte er uns nicht bemerkt und ließ uns einen Moment lang in der Luft hängen, erstarrt in unserer Armseligkeit. Schließlich bettelten wir um eine Begrüßung.

«Papa, hier bin ich. Mit Fritz.»

«Ach ...», machte er mit einer kühlen Stimme, die Lise aufbrachte.

«Das machst du absichtlich, Papa!»

«Wie? Was? Ach, bonjour ...»

Er stand nicht auf, bewegte aber leicht den Oberkörper, immerhin eine Geste, die mir zeigte, daß ich ein klein wenig mehr als nichts war.

«Bonjour ...»

«Fritz.»

«... Fritz. Heißen Sie wirklich Fritz?»

«Ja ... wegen eines Romans ... der meinem Vater so gefallen hat ... und ...»

«Und hast du ihn schon deiner Mutter vorgestellt?», erkundigte er sich bei seiner Tochter, was in doppelter Hinsicht ungehobelt war: Er schnitt mir das Wort ab und wandte sich mit seiner Frage nicht direkt an mich.

«Ja, wir haben uns in der Küche getroffen. Fritz ißt total gern Kaninchen ...»

Dieser letzte Ausspruch prallte auf ein bestürztes Schweigen. Ich hatte die Nase voll davon, mit diesen Kaninchen in Verbindung gebracht zu werden. Kaninchen konnten mir den Buckel runterrutschen. Es gab viele Dinge, die ich schrecklich gern mochte. Etwa: Monteverdi, Antonioni, Kandinsky (siehe da, lauter Künstler, die auf «i» enden, doch es war nicht der Zeitpunkt, um daraus irgendeine Theorie abzuleiten).

*

Romuald Picard (1951 – 1987): Französischer Seefahrer. Erster Mann, der bei einer Weltumsegelung ausschließlich diagonalen Linien folgte. Nach diesem Triumph versuchte er, den Pazifik allein zu überqueren, doch seine Spur verlor sich bereits nach zwei Tagen auf See. Seine Leiche wurde einige Monate später auf einer einsamen Insel gefunden. In einen nahen Felsen hatte er die Worte «Ich fühle mich so allein» eingeritzt.

*

Wir gingen ins Wohnzimmer, für den Aperitif. Ich knabberte Erdnüsse, so wie ich eine Zigarette geraucht hätte, um nach außen hin gelassen zu wirken. Lise redete viel und bewahrte uns damit vor den peinlichen Gesprächspausen, doch leider wurde sie oft von den Klingeltönen ihres Handys unterbrochen. Vom Flur her waren Bruchstücke ihrer Unterhaltungen zu vernehmen.

«Das ist schon irre mit meinen zwei Töchtern!» rief der Vater aus. «Die eine schreibt eine Doktorarbeit über Nazis auf der Flucht, und die andere will Deutschlehrerin werden. Na, Éléonore, ist das nicht irre, was sagst du?»

«Doch, sicherlich.»

«Wohlgemerkt, das kann sich jederzeit als nützlich erweisen. Im Falle eines erneuten Angriffs. Bei dem Saustall, den wir hier haben, denke ich mir manchmal, daß es gar nicht schlecht wäre, wenn einer mal wieder ein bißchen aufräumen würde!»

«...»

«Und die Polygamie!»

«Das ist sein neuester Spleen», hauchte seine Frau.

«Möglich, daß es den Deutschen gelingt, die Polygamie bei uns einzuführen. Na, Fritz, was halten Sie davon?»

«Wovon? Von der Polygamie?»

«Wovon fragt er mich! Dein Freund ist ja unglaublich! Na klar, ich rede von Polygamie, ich frage Sie doch nicht, wie das Wetter ist.»

«Gut, laßt uns zu Tisch gehen», fuhr Éléonore dazwischen.

Die Tafel war ein formvollendetes Arrangement. Man hätte meinen können, jemand habe auf der Tischdecke ein Museum ausgebreitet. Ich bekam langsam Magenkrämpfe. «Keine Angst. Er testet dich bloß», flüsterte mir Alice zu. «Aber ich glaube, du gefällst ihm ...» Welch skurrile Art, Gefallen zu bekunden. Ich war nicht weiter überrascht, als er nun auf den Verfall der Werte zu sprechen kam:

«Alles geht den Bach runter. Die Ehe beispielsweise. Die Leute heutzutage trennen sich doch schon bei jeder Kleinigkeit. Bis daß der Tod euch scheidet, da lachen ja die Hühner! Das geringste Laster des anderen bedeutet heutzutage den Tod ...»

«Glaubst du, diese ganzen Paare, die zusammen bleiben und sich nur deswegen nicht scheiden lassen, weil man das eben nicht macht, glaubst du, daß die glücklich sind?»

«O Lise, mit dir kann man überhaupt nicht reden.»

«Doch, du kannst mit mir über alles reden, bloß dieses alte Lied, ‹früher wäre alles besser gewesen›, das zermürbt mich!»

«Du gehst mir auf den Wecker, meine Liebe!» erregte sich der Vater unversehens, offenbar reagierte er allergisch auf Widerspruch.

«Hör mal, jetzt hast du deine Tochter ein Jahr lang nicht gesehen. Schluß damit!» erregte sich schließlich auch Éléonore.

«Ist ja gut ... ist gut ... ihr werdet mich aber trotzdem nicht von dem Gedanken abbringen können, daß moralische Werte heutzutage keine Gültigkeit mehr haben, und daß für diese Entartung in erster Linie die Einwanderer verantwortlich sind ... Demnächst bauen sie eine Moschee bei uns gegenüber ...»

Die Ereiferungen des Vaters wurden allgemein hingenommen, und ich wußte nicht, wie ich mich dazu verhalten sollte. Mit einer solchen Situation war ich bisher noch nie konfrontiert worden. Sich im Namen der Liebe derartigen Stuß anhören zu müssen. Wenn Alice mir wenigstens ein verständnisinniges Lächeln zugeworfen hätte, aber ich spürte nur, wie sie voll Bewunderung war. Sogar die Mutter seufzte, und nachdem sie mir zuvor auf die Nerven gegangen war, hatte ich plötzlich das reinste Mitleid mit ihr.

Der Vater sorgte mit immer radikaleren Äußerungen für eisige Stimmung. Er kaute sie alle durch, die Obdachlosen, die rumänischen Flüchtlinge, die sich ein Bein abhacken, um sich unser Erbarmen zu erschleichen, Aids, diese Krankheit für Homosexuelle und Drogenabhängige, kein Wunder, daß all die dekadenten Gestalten aus dem Showbusiness sich damit angesteckt hätten, und diese Arschlöcher vom Fernsehen, die einen Haufen Kohle scheffelten mit diesen stumpfsinnigen Sendungen, wo irgendwelche Trottel SMS hinschickten, und die Presse läge den Machthabern zu Füßen, das sei doch eine einzige Kungelei, und zudem völlig verdorben, welch ein Klimbim mit allem Pipapo.

«Ich kenne da ein hübsches Fleckchen in Argentinien, wo du untertauchen könntest, wenn du hier so unglücklich bist», schlug Lise vor.

«Schlaumeierin.»

Nach seiner Aufzählung von Freuden der abendländischen Lebensführung schlug er schließlich einen aus seiner Sicht wohl logischen Bogen zu mir:

«Sie arbeiten also bei Larousse?»

«Ja, genau.»

«Und da bringt man Ihnen bei, mit Wörtern sparsam umzugehen?»

Natürlich gehörte er zu der Sorte Mensch, die über ihre eigenen Witze lacht. Und ich lächelte ihn in vollendeter Lächerlichkeit an. Das Mobiliar wirkte so beklemmend. Die riesenhafte Standuhr versetzte mich in Furcht und Schrecken. Und all diese religiösen Reliquien, die ich nach und nach entdeckte, als mein Blick durch den Raum schweifte, klagten mich an, Jesus Christus ans Kreuz genagelt zu haben. Ich hielt während des ganzen Essens gut durch, endlich wurde der Kaffee serviert. Allerdings hatte ich mich schon derart verausgabt, daß ich einen Knaller zum Schluß befürchtete. In dem kurzen Moment der Ruhe, in dem wir auf den Kaffee warteten und vom Eßzimmer wieder ins Wohnzimmer gingen, zog ich Bilanz. Und ich stellte mir ernstlich die Frage, warum ich noch hiersaß. Wahrscheinlich oder mit ziemlicher Sicherheit wegen Alice, die mir mit der Hand über den Rücken strich und mir zuflüsterte: «Weißt du, es ist wichtig für mich ... und es tut mir leid, daß mein Vater sich so aufführt ... er ist nicht immer so ... im Grunde ist er ein Netter ... ich glaube, er ist angespannt ... du mußt dich in seine Lage versetzen, es ist das erste Mal, daß ich ihm einen Freund vorstelle ...» Ich sah Alice an, die zu rechtfertigen versuchte, wofür es keine Rechtfertigung gab. Wieviel lieber wäre es mir gewesen, wenn sie gesagt hätte: «Mein Vater ist ein blöder Arsch, aber er ist nun mal mein Vater, und ich liebe ihn. So sieht's aus, damit mußt du klarkommen ...» Das hätte die

Sache einfacher gemacht, doch dazu würde es nie kommen. Sobald es um ihn ging, war sie von einem Schleier des Unwirklichen umgeben.

Beim Kaffee brannte mir dann die Sicherung durch.

«Da fällt mir ein, ich weiß nicht mal, wie ihr zwei euch kennengelernt habt», fragte er.

«Wir waren auf einer Party ...», fing Alice an.

«Na ja, Party, das ist nicht ganz der richtige Ausdruck», unterbrach ich sie. «Wir waren in einem Swingerclub. Zwei Schwarze nahmen Alice von vorn und hinten, da funkte es gleich zwischen uns.»

Nach einem langen Augenblick sah Alice ihren Vater an. Er schien wirklich erschüttert zu sein, was sie zu folgendem Verhalten veranlaßte. Sie schrie, doch nicht einmal so laut, vielmehr unterkühlt:

«Du gehst. Du gehst jetzt sofort.»

Ich stand auf, griff nach meiner Jacke, und tschüß. Doch bevor ich zur Tür hinausging, drehte ich mich noch einmal um und sagte:

«Und Dankeschön für das Kaninchen.»

Als ich die Treppe hinunterlief, hörte ich Schritte hinter mir. Ich dachte, es wäre Alice, ich hoffte so sehr, daß Alice mir hinterherrannte, doch es war Lise.

«Das wird dir Alice nie verzeihen.»

«Ich weiß nicht, was ich sagen soll.»

«Sag nichts. Aber: Ich wollte dir nur zu verstehen geben, daß ich das richtig gut fand. Das war richtig gut.»

Ich stieg die Treppe hinab, Lises Worte hallten in meinem

Kopf wider und trösteten mich nicht. Mir war klar, daß ich das, was ich getan hatte, nicht wieder rückgängig machen konnte. Aber ich war nicht wirklich traurig. Ich war schwer enttäuscht von Alice. Bei diesem Essen war ich mir selbst so zuwider gewesen, wie ich den Hanswurst spielte und mir weismachte, daß ich für dieses gehässige Pack den idealen Schwiegersohn abgeben könnte.

Lange ging ich spazieren, um die Ereignisse zu verdauen. Um mich herum hatte alles diese sonntägliche Färbung. Ich würde einen neuen Lebensabschnitt beginnen und spürte eine schauderhafte Erregung.

ZWEITER TEIL

I

Die ersten Tage waren nicht die schwierigsten. Ich dachte, sie braucht nur ein bißchen Zeit, um meine Sonntagsentgleisung im Familienkreis zu verarbeiten. Dann vergingen die Tage, und ich mußte mir eingestehen, daß Alice es sich nicht anders überlegen würde. Ich hatte die Grenze des Entschuldbaren überschritten. Jeder würde unglücklich in seiner Ecke sitzen, und vielleicht würden wir, in der Trennung vereint, in den gleichen Momenten den gleichen Kummer empfinden.

Am schwierigsten war es, eine gute Figur im Büro abzugeben. Eine neue Stelle anzutreten, heißt erst mal lächeln. Auf meinem Weg zu Larousse machte ich jeden Morgen Lockerungsübungen mit meinem Kiefer. So standen meine Zähne bei meiner Ankunft zu Diensten. Niemand konnte die Liebesqualen ahnen, unter denen ich innerlich litt. Nur mit Paul teilte ich mein Leid. Es war in diesem Stadium wirklich wichtig, daß er da war. Dabei befanden wir uns in keiner einfachen Lage: Während ich festangestellt worden war, hatte man ihm lediglich eine Verlängerung seines Praktikums vorgeschlagen. Wir befanden uns nicht mehr auf gleicher Höhe, ich war nun sein Vorgesetzter. Man möge sich diesen paradoxen Zustand vorstellen: Ich sollte meinem Tröster Anweisungen erteilen. Es kam vor, daß ich ihn losschickte, eine Photokopie zu machen, während ich ein Schluchzen unterdrückte.

«Danke Paul ... danke für alles.»

«Keine Ursache, Fritz. Ich bin doch nur ans Telefon gegangen.»

Mein erster beruflicher Verantwortungsbereich würde auf immer verknüpft sein mit der Erinnerung an diese emotionale Zerbrechlichkeit. War das ein Zeichen? Mußte ich mich folglich entscheiden zwischen einer Entfaltung des Gefühlslebens und einer erfreulichen Karriere? Immer diese substantiellen Fragen: Konnte man alles haben? Mußte man nicht unweigerlich für das, was man sich verdiente, anderswo wieder bezahlen? Mein Hirn lief vor so vielen Fragen über, und Paul mußte ihrer allmählich überdrüssig werden. Zum Glück für unsere Freundschaft sollte Paul bald das Angebot erhalten, beim *Petit Robert*, dem großen Rivalen des *Larousse*, zu arbeiten. Wir wurden also zu unserer ungemeinen Erleichterung Kontrahenten.

Pauls Fähigkeit zuzuhören hatte noch einen anderen Grund: Er war glücklich. Wahrhaft glücklich. In den Augen anderer nahm sein Glück geradezu aufreizende Dimensionen an. Er hatte gerade ein Mädchen kennengelernt, und ich fühlte wohl, daß er mir etwas verheimlichte. Das eigene Glück vor einem unglücklichen Freund auszubreiten ist ja immer eine heikle Sache. Ich dachte mir, das war doch seltsam: Genau in dem Moment, indem Alice und ich uns voneinander trennten, lernte er ein Mädchen kennen. Gab es im Schauspiel der Liebe nur einen einzigen Platz für zwei? Über diese Hypothese, die mich dazu hätte verleiten können, gespannt auf den Niedergang seines Liebesabenteuers zu warten, wollte ich lieber nicht nachsinnen. Beim Mittagessen gab ich mir eines Tages einen Ruck:

«Du bist glücklich, das sehe ich.»

«Wie kommst du darauf?»

«Weil du mein Freund bist, und ich es sehe. Ich sehe es an der Art, wie du die Speisekarte anschaust.»

«Tatsächlich?»

«Wenn man glücklich ist, spielt es überhaupt keine Rolle, was man ißt. Ich dagegen bin kaum hereingetreten, schon will ich wissen, welches Tagesgericht es gibt. Denn das Tagesgericht wird zweifelsohne die Krönung meines Tages darstellen.»

Paul spendete mir Beifall. Ich hatte die Schlinge meines Scharfsinns um ihn gelegt. So hob er zum großen Monolog seiner Liebesbekanntschaft an.

Vor einem Monat hatte alles begonnen. Die beiden hatten sich bei gemeinsamen Freunden kennengelernt. Nichts besonders Außergewöhnliches, räumte er ein, fügte jedoch sogleich hinzu: «Der weitere Verlauf der Geschichte ist ganz unfaßbar, wart nur ab.» Ich wartete also voller Ungeduld den weiteren Verlauf ab, so wie ich auch auf meinen überbackenen Hackbraten mit Kartoffelbrei wartete, den ich ohne übermäßige Überzeugung bestellt hatte. Er beschrieb mir einen Salon, in dem einer seiner Kumpel seinen Studienabschluß feierte. Rund dreißig Gäste hatten sich eingefunden, und die Stimmung schwankte zwischen vornehm und entspannt, ohne daß sich wirklich bestimmen ließ, welche dieser beiden Atmosphären nun vorherrschte. Eine sanfte jazzige

Musik erinnerte an die Party in *Breakfast at Tiffany's*. Es wurde Champagner getrunken, und man reichte kleine dreieckige Toasts. Auf diesen Toasts war Lachs, Taramas oder auch Leberpastete. Ich fragte mich, warum Paul mir das so haargenau schilderte. Anscheinend las er meine Gedanken (was für eine Freundschaft), denn er erklärte mir, das habe alles seine Bedeutung. Und vor allem der Umstand, daß er keinen Lachs mochte.

«Nicht wahr, Fritz, du erinnerst dich, daß ich keinen Lachs mag?»

«Ja.»

«Okay, dann ist ja alles klar.»

Paul hatte daher kein einziges von diesen Lachskanapees probiert. Und hatte sich dadurch in Virginie verliebt.

«Das war's?»

«Nein, warte, ich muß dir das erklären. Die zwei Sachen gehen Hand in Hand.»

Er ließ sich Zeit, kostete seine Geschichte aus. Man hätte meinen können, er erzählte sie sich selbst, ein bißchen so wie jemand, der einem Photos zeigt, nur um sich selber anzuschauen. Er gab sich Mühe, Spannung zu erzeugen. Und sehr logisch, daß er aufstand, auf die Toilette ging und mich alleine ließ mit einem theoretischen Gerippe hinsichtlich des möglichen Zusammenhangs zwischen der Begegnung mit einer Frau und dem fehlenden Geschmack an Lachs.

Er kam zurück und fuhr in seiner Erzählung fort. Offenbar war der Lachs nicht frisch gewesen. Nach einer halben Stunde wurde allen, die davon gegessen hatten, langsam schlecht, sie wurden von starken Bauchschmerzen geplagt. Es bot sich ein surreales Schauspiel. Die Gäste sanken einer nach dem anderen zusammen. Alle Gäste, in der Tat. Außer einem. Und dieser Gast war natürlich Virginie. Durch den verdorbenen Lachs kam ein Mädchen zum Vorschein, das Paul in der Menge niemals aufgefallen wäre. Wie zwei Auserwählte standen sie da, wie Überlebende der *Titanic*. Ein solcher Fall konnte nicht das Ergebnis eines Zufalls sein. Wenn man zu einer Party geht und einem dort alle Menschen außer einem zu Füßen liegen, dann heißt das, daß man dazu bestimmt ist, diesen einen kennenzulernen.

Sie riefen mehrere Ärzte, und man verabreichte den Vergifteten Injektionen. Paul und Virginie zogen los zu einer anderen Party, staunend über das, was sie gerade erlebt hatten. Ich versuchte, mir immer wieder die Szene vorzustellen. In einer Menschenmenge zu stehen und zu sehen, wie diese Menschenmenge in Ohnmacht fällt, um einer einzigen Frau zu weichen, die plötzlich wie eine Erscheinung hervortritt. Ein Wunder, ich schlackerte mit den Ohren. Paul schien glücklich über meine Reaktion. Und die hatte ihre Gründe, das war eine der schönsten Geschichten, die ich je gehört hatte.

11

Ich stürzte mich in die Arbeit. Ich lebte mit den Wörtern. Mit ihnen gab es nie Streit. Alice fehlte mir, fast kam ich um, so fehlte sie mir, aber ich wollte sie nicht anrufen. Ich wollte niemanden sehen. Es war sicher die zurückgezogenste Zeit meines Lebens. Ich ging viel spazieren und zuweilen glaubte ich, ich sei imstande, einen Roman zu schreiben. Später würde ich verstehen, daß man zum Schreiben gewiß nicht von Wörtern umgeben sein muß. Zum Schreiben muß man Wörtern entrinnen.

Mein Leben verlief in geordneten Bahnen, ich hatte Kollegen, und wir erzählten uns vor dem Kaffeeautomaten Anekdoten. Ich wurde mit den Angelegenheiten eines jeden vertraut, erfuhr von den Konflikten und Vorlieben, die sie hatten. Es war ein in sich abgeschlossenes Universum, in dem eine abgeschottete Gemeinschaft lebte. Wir hatten alle ein gemeinsames Ziel: die jährliche Neuauflage des *Larousse*. Oft hielt ich mich im Untergeschoß auf, wo das Archiv eingelagert war. An diesem Ort befand man sich jenseits der Zeit, die moderne Welt sickerte nirgendwo hindurch, und so verbrachte ich dort glückliche Stunden. Mitunter war es natürlich auch mühsam. Vor allem, wenn ich unzählige Photokopien machen mußte. Ich ließ mich in der Nähe des Geräts nieder und lauschte den Kopiergeräuschen. Ich weiß nicht nicht warum, aber sobald ich eine Photokopie machte, mußte ich an Alice denken. Für diesen Verknüpfungsprozeß in meinem Kopf bestand keinerlei Anlaß, doch so war es eben. Dieser Photokopierraum war wie ein Altar zum Gedenken an Alice. Ich empfand Trauer, Sehnsucht, und manchmal auch Glück, wenn ich an unsere besten Phasen zurückdachte.

Eines Tages, als ich gerade in diesem Raum war, trat Céline Delamare herein. Letztendlich begegnete ich ihr recht selten. Doch jedes Mal, wenn es geschah, entstand eine Art Spannung, die ihren Ausdruck in einem besonderen Lächeln fand. Ich hatte das Gefühl, daß sie sich freute, mich zu treffen. Weiterhin hatte ich das Gefühl, daß das, was kommen sollte, vom ersten Augenblick an im Keim vorhanden war, man brauchte nur zu warten, bis die Triebe sprossen. In meinen Gedanken spielte Céline fast gar keine Rolle, doch sobald sie vor mir stand, beschäftigte sie mich voll und ganz.

«Sie sind traurig», sagte sie. Eine seltsame Weise, zur Sache zu kommen.

«Wie kommen Sie darauf?»

«Nur so, das sieht man.»

«Und woran?»

«Ich sehe es an der Art, wie Sie photokopieren.»

«Ach?»

«Ja, ich bin Leiterin der Personalabteilung, und ich habe eine einmalige Fähigkeit entwickelt: In dem Moment, in dem ein Angestellter eine Photokopie macht, weiß ich, was in seinem Kopf vorgeht.»

«Eine außergewöhnliche Fähigkeit, in der Tat.»

«Sie können die Probe aufs Exempel machen.»

Einen Augenblick stand ich wie angewurzelt da. Dann nahm ich ein Blatt und legte es in den Kopierer. Langsam führte ich meine Bewegungen aus, zerlegte sie in ihre Einzelteile und sah sie dabei unverwandt an. Schließlich fragte ich:

«Wie also ist es um meine geistige Verfassung bestellt?»

«Sie wollen heute abend mit mir ein Gläschen trinken.

Ihre Photokopie äußert diesen Wunsch. Und ich bin einverstanden. Wir treffen uns um 19 Uhr im Café gegenüber.»

Und damit verschwand sie. Ich begann zu lachen, es war ziemlich lange her, daß ich derart gelacht hatte. So viel pralles Leben hatte in ihrem Auftreten, in ihrer Art zu reden gesteckt. In diesem Augenblick zeichnete sich ein zweiter Frühling ab. Eine neue Frau, und das bedeutete für mich immer ein Wagnis. Ich überlegte, was sie wohl an mir fand. Ich war so viel jünger als sie. Stellte ich für sie so etwas wie eine Phantasie dar? Trat sie auch im Bett wie eine Leiterin der Personalabteilung auf? Lieber nicht zuviel darüber nachdenken, besser, sich bis zum Rendezvous in eine Stimmung versetzen, die vor depressiven Gedanken sicher war.

III

Für die paar Minuten, die sie sich verspätete, entschuldigte sie sich nicht. Sie bemerkte, daß ich derweilen ein Glas Rotwein bestellt hatte, und schien zufrieden mit meiner Wahl. Oft gewann man den Eindruck, daß sie alles einer genauen Prüfung unterzog. Daß das Leben ihrer Zustimmung bedurfte. Ihre Schale der Selbstsicherheit bekam jedoch sogleich Sprünge, als ich ihr gegenübersaß. In ihrem Gesicht las ich sogar die kindlichen Anflüge eines Mädchens, das fürchtete, sich schlecht zu benehmen. Zwischen uns lagen fünfzehn Jahre, doch uns trennten nicht die Lehrjahre des Gefühls. Wir befanden uns auf derselben Stufe. Mußte bloß noch festgelegt werden, was nun geschehen sollte. Wir redeten über die Arbeit, benutzten die üblichen Phrasen. Wir nörgelten an manchem Angestellten herum, konnten dafür andere gut leiden, traten im sterilen Raum auf der Stelle. Was war nur aus der Frau vom Nachmittag geworden? Sie nahm die Sache nicht richtig in die Hand, und Mittelmaß war mir zutiefst verhaßt. Dieser Moment mußte unbedingt etwas Magisches an sich haben, wir drehten uns nämlich im Karussell der Verführung, ein Karussell, in dem jeder mißglückte Fluchtversuch lächerlich wirkt. Wie oft war ich, bevor ich Alice kennengelernt hatte, nach Verabredungen niedergeschmettert, die nichts weiter als nett gewesen waren? Ich wollte doch so gern tolle Dinge erleben. In diesem Drang schwang ich mich bisweilen auf, im ärmlichen Kleid einer durchschnittlichen Begegnung das Außergewöhnliche zu erblicken.

*

Gérard Ribaud (1910 – 1959). Französischer Schriftsteller. Der gebürtige Genfer war ein enger Freund von Drieu la Rochelle, dessen Selbstmord Ribaud sehr zu Herzen ging. Nach dem Kriege irrte er mehrere Jahre lang ruhelos in Paris umher und schrieb an einem stimmungsvollen Prosabändchen mit dem schlichten Titel «Umherirren». Inmitten des Schreibprozesses wurde er schlagartig von Überdruß befallen, woraufhin er in seinem Manuskript notierte: «Das ist mittelmäßig». Anschließend stürzte er sich aus dem Fenster.

*

Als ich aufstand, um zu gehen, dachte ich, dieses Rendezvous war ganz schön mittelmäßig. Céline folgte mir nach draußen. Und auf einmal war alles einfacher. Mittlerweile weiß ich, daß wir beide nicht zum Sitzen gemacht waren. Wir mußten liegen oder stehen. Sie ergriff meinen Arm und drückte ihn heftig, ein wenig zu heftig sogar. Unter anderen Umständen wäre mir eine Frau, die so leidenschaftlich ihre Manneskraft unter Beweis stellt, zuwider gewesen, doch in diesem Moment richtete ich mich anstandslos nach ihr. In meinem Leben sollte endlich jemand Einzug halten, der mir sagte, wo es langging. Diesen Part mußte sie übernehmen, es blieb ihr gar nichts anderes übrig. Céline Delamare kam mit zu mir. Anstatt über mich herzufallen, betrachtete sie in aller Ruhe mein Bücherregal. Ich schaute ihr zu, wie sie meine Bücher musterte, und mir gefiel die Kombination von Weiblichkeit und literarischen Werken. Ich trat an sie heran, schob ihren Rock hoch, und erst, als ich die Knie freigelegt hatte, küßte ich sie.

IV

«Bist du schon lange verheiratet?» fragte ich sie etwas später.

«Woher weißt du, daß ich verheiratet bin?»

«Du trägst einen Ehering.»

«Ich bin seit zehn Jahren verheiratet.»

«Und bist du nicht glücklich?»

«In diesem Augenblick schon.»

Sie hatte jede Silbe einzeln gesprochen, *in die-sem Au-genblick* hatte sie gesagt, eine Technik, die Gegenwart zu erweitern.

Ich war mir nicht sicher, ob das Leben der Céline Delamare einen Eintrag im *Larousse* wert war, aber ich sollte es in Erfahrung bringen. Es war ein langandauernder Prozeß, sie vertraute sich mir erst allmählich an, berichtete zusammenhanglos, oder, um genauer zu sein: Sie hatte keine Lust, sich auf einen kleinen Nenner zu bringen. Letztlich würde ich es so formulieren: Ein junges Mädchen aus der Provinz kam nach Paris, schloß erfolgreich ein Marketingstudium ab und fand in noch zartem Alter eine Beschäftigung bei Larousse, das Leben erschien ihr also als Land voller sagenhafter Möglichkeiten, speziell als sie den ein wenig älteren Harold kennenlernte, einen Engländer, sie hatten sich in einem Morgengrauen geküßt und sich gegenseitig versprochen, sich recht bald wiederzusehen, sie hatten sich wiedergesehen, weil es nie schlecht ist, wenn man hält, was man verspricht, sie waren gemeinsam Essen gegangen, Céline machte ein Gesicht wie sieben Tage Regenwetter, sie waren wieder Essen gegangen, und Céline machte ein Gesicht wie im siebten Himmel, sie waren zusammen im Kino und sahen einen romantischen Film, und dann waren sie wieder im Kino und sahen sich diesmal eine Komödie an, ihr ganzes Leben spiegelte sich in diesen zwei Filmen, in jenen Tagen, den Geburtsstunden ihrer Liebe, hatten sie sich eine SMS nach der anderen geschickt, und ihre Herzen schlugen bei jedem Piepsen höher, und ihre Worte wurden von Mal zu Mal zärtlicher, also hatten sie aufgehört zu simsen, und sie hatten aufgehört, miteinander zu sprechen, um sich küssen zu können, es war schön, dann war es weniger schön, dann war es wieder schön, nach den Partys hatte er bei ihr oder sie bei ihm übernachtet, ohne daß sie es vorher ausgemacht hatten, sie lernte seine Freunde kennen, und er lernte ihre Freunde kennen, sie fuhren gemeinsam in Urlaub, und weil sich alles prächtig entwickelte, beschlossen sie zusammenzuziehen, es war wundervoll, jeden Tag nebeneinander aufzuwachen, er sah es gern, wenn sie im Slip durch die Wohnung lief, wenn sie exotische Gerichte zubereitete, sie hielten die Tretmühle des Alltags seinerzeit für eine unerreichbare Insel, er hielt um ihre Hand an, und sie begann zu weinen, denn das würde garantiert der schönste Tag in ihrem Leben werden, Céline war eine junge Frau mit romantischen Vorstellungen, beide wähnten sich an jenem Tag im Glück, der Sorte von Glück, die einem Angst macht, Céline dachte seinerzeit, alles würde immer so weitergehen, sie rauschte auf einer Autobahn ihrer höchsten Entfaltung entgegen, doch Harold wurde mehr und mehr von seiner Arbeit in der Bank überfahren, das Geld schlief gut und Harald schlief immer schlechter, mit der Zeit ging es nur noch um die praktischen Fragen, der Klassiker, es war lange her, daß sie sich über ein Lied von Schubert unterhalten hatten, die Sonntagnachmittage, an denen sie Ausstellungen besucht hatten, verblaßten und erschienen nur noch in schwarzweiß, und Céline bemühte sich, dem allen Leben einzuhauchen, und noch mehr Leben, und die Jahre zogen vorüber, ein Jahr war wie das andere, allein anhand der Jahreszahl konnte man sie auseinanderhalten, Céline wollte vor allem ein Kind, es war ihr sehnlichstes Verlangen, doch Harold hatte sich immer geweigert, im Namen einer zugrunde gehenden Welt, im Namen der eigenen schwierigen Kindheit, und Céline liebte ihn, liebte ihn wahrhaftig, so sehr, daß sie eben kein Kind bekam, begnügte sich damit, einfach nur da zu sein, stumpf und träge, im Schatten eines Mannes zu leben, der nicht mehr wirklich existierte.

Ich war ihre Rache, ich war ihre Hoffnung. Für meinen Teil konnte ich mich nicht recht entscheiden, ob ich sie pathetisch fand, oder ob mich ihre verblassende Weiblichkeit tief bewegte, ihre weibliche Seite, die auf die Vierzig wie an den Rand eines Abgrunds zuging. Sie liebte ihren Mann, daran bestand kein Zweifel, und bestimmt erlebten die beiden noch zarte Augenblicke miteinander, aber der unerfüllte Kinderwunsch stand zwischen ihnen. Seltsamerweise hatte ich das Gefühl, daß sie bei unseren Liebesspielen etwas verspürte, das ihr Mutterschaftsbedürfnis befriedigte. Die Sexualität der Frau ist immer an die Natur der Fortpflanzung geknüpft. Indem ich sie begehrte, leckte, es ihr besorgte, gab ich ihr ihre Ehre als Frau zurück. Unser Verhältnis hatte sich sehr schnell mit großer erotischer Energie geladen. Auf diese Weise fanden wir beide unser seelisches Gleichgewicht. Sie wollte sich nicht scheiden lassen, und ich wollte nach der Trennung von Alice keine Verpflichtungen eingehen. Im Bett hatten wir eine Verständigungsgrundlage geschaffen.

Es waren Momente schöner intensiver Wollust. Ich fühlte mich ungezwungen, hatte Freude am Experimentieren und bat Céline, allerlei Dinge zu tun. Hinzu kam etwas, was sich wohl nur wenige Leute vorstellen können: eine Affäre zwischen zwei Angestellten von Larousse stößt immer noch in eine Extra-Dimension vor. Wir lebten in der Welt der Begriffsbestimmungen, und das spornte bisweilen merkwürdige Instinkte an. Ich lag auf dem Bett, und Céline kam langsam auf mich zu. Mit ihrer Zunge kitzelte sie mich am Hals, während ihre Hand sanft nach unten glitt. Dann der Mund:

Fellatio, die; (zu lat. *fellare* = saugen): Sexualpraktik, bei der das männliche Glied mit dem Mund stimuliert wird.

Cunnilingus (zu lat. *cunnus* = weibliches Geschlechtsorgan u. *lingere* = belecken): Das Stimulieren der weiblichen Geschlechtsorgane mit Lippen, Zähnen u. Zunge.

Es kam also öfter vor, daß sich das Lateinische auf unsere sexuellen Phantasien übertrug. Auch wenn sich Célines Tätigkeit klar von meiner unterschied, so konnte sie doch, gleich mir, hingebungsvoll in die Welt der Worte eintauchen. Stießen wir auf eine einschlägige Definition, schickten wir uns diese per Mail. Zusammen entwickelten wir eine Erotik-Version des *Larousse*. Die Geschlechtsakte verliehen dem Alltagstrott wahrlich Würze. Wir begegneten uns auf den Gängen, häufig ließ sie mich in ihr Büro zitieren: Nie zuvor hatte ein Arbeitsvertrag derart viele Probleme bereitet, nie zuvor mußten derart viele Änderungen vorgenommen werden. Manchmal kam ich zu ihr hinauf, und sie küßte mich mit großer Gier. Ich drehte gleich wieder um, ohne ein Wort gesagt zu haben. Daß im Verlag niemand von unserer Geschichte wußte, machte einen zusätzlichen Reiz aus. Wir hüteten ein Geheimnis, einen intimen Korpus. Es machte mir Spaß, die Leute auf sie anzusprechen, mir irgendwelchen Blödsinn über sie zusammenzureimen, und so kam mir die Wahrheit über das Leben der Céline Delamare zu Ohren.

Ihre Berührungen lösten zwar starke Regungen in mir aus, dabei hatte ich aber nicht den Eindruck, Gefühle für sie zu empfinden. Ich vermißte sie nie, und nur selten durchstreifte sie meine Nächte und Träume. Es mußten vor allem die Wunden verheilen, die Alice meinem Herzen zugefügt hatte, glaube ich. Manchmal vermutete ich, Céline hegte weiterführende Gelüste. Ohne daß sie eindeutige Bemerkungen machte, ahnte ich, daß sie in Erwägung zog, alles für mich aufzugeben. Vorsorglich betonte ich in einem fort, wie sehr ich in unserer Beziehung aufblühte, die den Kurs unseres Daseins veränderte. Im Gegenzug ging ich allzu häufigen Treffen aus dem Weg und erzählte ihr von anderen Frauen, die mir gefielen. Ich gab mir Mühe, unser vergnügtes Klima aufrechtzuerhalten, das doch vollkommen künstlich war. Je tiefer wir in die Welt der Sexualität eindrangen, desto mehr legten wir unsere Gesellschaftsfähigkeit in Schutt und Asche. Die Fähigkeit, uns zusammen in Gesellschaft zu begeben. Soweit das unendliche Paradox der Sexualität: Je weiter man sich verstrickt, desto näher rückt die Trennung. Wir spielten die vollendete Partitur einer irrealen Welt. Sie sollte ihre Zeit dauern und eine einzige Bestimmung haben: zu enden.

V

Das Ende dieser Zeit folgte auf eine so einschneidende wie unerwartete Begebenheit. Es geschah eines Abends, ich verließ gerade das Büro. Da kam eine Frau auf mich zu. Ich brauchte einige Sekunden, um sie wiederzuerkennen. Etwas an ihr war verändert. Bestimmt ihre Haare. Sie waren gewachsen, und das verlieh ihrem Gesicht das Leuchten einer anderen Frau. Es war Lise, Alices Schwester. Wir setzten uns gleich in ein Café. Ich bestellte Alkohol. Sie auch. Erst jetzt erklärte sie mir den Grund ihres Erscheinens.

«Es geht um Alice», sagte sie schlicht.

Ich wußte nicht, ob dies eine schlechte oder eine freudige Nachricht ankündigte. Wochenlang hatte ich mich bemüht, weit weg von Alice zu leben, weit weg von unseren Erinnerungen, doch der Anblick von Lise führte mir blitzartig vor Augen, was ich notdürftig verschleierte.

Lise stellte mir ein paar Fragen, wie es mir ohne ihre Schwester erging, auf die ich in sehr knappen Worten antwortete. Ihrer Ansicht nach hatten wir uns in eine lächerliche Situation gebracht. Wir waren immer noch ineinander verliebt. «Das würde sogar einem Kurzsichtigen ins Auge springen», meinte sie lachend. Und ihr Lachen hatte etwas Ansteckendes. Lise war die pure Lebensfreude, die Lebensfreude italienischer Komödien aus den 60er Jahren. Während ich ihr zuhörte, wurde wieder alles in mir wach, alles war wieder da. «Wir müssen überlegen, wie wir euch wieder zusammenbringen können», fuhr sie fort. Sie war ganz aufgeregt beim Gedanken an die zu unternehmenden Schritte. Um die weiteren Maßnahmen zur Behebung des Liebesschadens zu besprechen, lud sie mich zum Essen ein. Die Dämmerung brach langsam an, wir schlenderten umher, und ich ergab mich meinem vergangenen Schicksal. An der Seite der Schwester bewegte ich mich fortan in Alices Welt. Lise hatte ich nie als Frau wahrgenommen. Sie war so etwas wie die Gefährtin meines besten Freundes. Und doch, als ich an jenem Abend die Treppen zu ihrer Wohnung hochstieg, betrachtete ich ihre Rundungen. Sie war fülliger als ihre Schwester, besser gepolstert. Nach ein paar Gläsern fragte ich mich: Vielleicht sollte ich es lieber mal mit Lise probieren? Ich glaube, sie stellte sich die gleiche Frage, der Gedanke durchzuckte uns im gleichen Augenblick. Wir ließen ihn gleich wieder fallen und zogen diese Möglichkeit nie wieder in Betracht.

Die Naziphotos bei ihr zu Hause standen in einem seltsamen Kontrast zu ihrem heiteren Wesen. Eingehend blickte ich einige der Gesichter an. Plötzlich unterbrach mich Lise:

«Du bist doch einer von denen, die die Schweiz immer als das optimale Land bezeichnen. Also, weißt du eigentlich, daß man kürzlich herausgefunden hat, daß die Schweizer gern die Überfahrt dieser Verbrecher nach Argentinien erleichtert haben, wie aus zahlreichen Unterlagen hervorgeht?»

«Das wird mich nicht davon abhalten, auf meine alten Tage dorthin zu ziehen!»

«Okay okay. Reden wir lieber nicht von der Schweiz.»

Lise zeigte mir ein Photo von Alois Hudal, einem österreichischen Bischof, der alten Nazis in Rom Unterschlupf gewährt hatte und dem es vor allem gelungen war, Adolf Eichmann und Josef Mengele nach Südamerika zu schleusen. Sie beschrieb die Komplexität der Sachverhalte, die Rolle mancher Staaten, die mitunter Fluchtbeihilfe leisteten, und die Intervention der Geheimdienste, hauptsächlich des amerikanischen. Ich war gefesselt von dem, was sie mir erzählte.

«Wie bist du überhaupt auf dieses Thema gekommen?»

«Mich fasziniert allgemein, wenn eine politische Lage sich in ihr Gegenteil verkehrt. Wenn irgendwelche Machthaber auf einmal zu Gejagten werden. Du mußt wissen, es war immer mein Traum, ein Buch über einen Kollaborateur zu schreiben, der von einem Juden gerettet wird.»

«Gute Idee», meinte ich träge.

«Ich merke schon, du sprühst förmlich vor Begeisterung!»

«Nein wirklich, das ist eine gute Idee.»

«Find ich auch, und ich hab schon einen Titel: ‚Ich bin nirgendwo'. Der Kollaborateur sollte eine Art Robert Brasillach sein, Journalist bei der mit dem nationalsozialistischen Deutschland sympathisierenden Zeitschrift *Je suis partout*[5]. Nach der Befreiung von Paris will er flüchten. Verfolgt, soll er sich in einer Dachkammer verstecken, und sein Heil einzig und allein der Hilfe eines Juden verdanken ...»

Lise schilderte die letzten Tage von Brasillach. Man hatte

5 *Was soviel wie* Ich bin überall *heißt.*

seine Mutter festgenommen, um ihn dazu zu bewegen, sich zu stellen. Damals wehte ein anderer Wind, doch mir war diese Zeit so gegenwärtig, als seien die Grenzen zwischen den Jahren durchlässig, als könnten die Epochen aufeinander abfärben. Manchmal war mir zum Beispiel so, als stünde Paris immer noch unter Besatzung. Ein seltsames Gefühl. Vielleicht war es dieses seltsame Gefühl, was Lise und mich verband, an jenem Abend, an dem der andere Wind wehte und der die Rückkehr zu Alice bedeutete. Lise sprach die ganze Nacht von diesem Buch, das sie schreiben wollte. Von dem Buch, das sie am Ende nie schreiben würde. Doch wäre es verfrüht zu erklären warum.

VI

Bevor Lise die scheinbar zufällige Begegnung arrangiert hatte, hatte ich ihr versichert, daß ich nach wie vor Single war und gewillt, Alice wiederzusehen. Wie aus Versehen fanden wir uns in dem gleichen Kino wieder. Im Rahmen einer Reihe deutscher Filme lief *Der Himmel über Berlin* von Wim Wenders. Man darf ja gemeinhin nicht an den Zufall glauben. Wie will man beweisen, daß es nicht dem Zusammentreffen mehrerer Umstände geschuldet ist, wenn man jemandem über den Weg läuft? Ich erblickte Alice, bevor sie mich erblickte. Sie war betörend wie am ersten Tag. Obwohl sie sich nicht bewegte, war der Schwindel, den ich anfangs verspürt hatte, noch intakt. Ich ging auf sie zu, sie schien es zu merken, denn sie drehte sich um. Einen Augenblick sahen wir uns an, sahen uns tief in die Augen, die Iris wie versteinert, und dann hatten wir einfach gelächelt. Wir hatten uns gegenseitig so vermißt.

Alice warf ihrer Schwester einen Blick zu. Einen fragenden Blick. Lise würde nie gestehen, und ich würde sie nicht verraten. Doch es war offensichtlich, daß Alice diesem inszenierten Wiedersehen nicht auf den Leim ging. Lieber kein Wort darüber verlieren, so wie man einen Zaubertrick nicht verrät, das sollte letztlich reichen. Ein Flickwerk war vollbracht, aber wir hatten uns so danach gesehnt. Nie zuvor war mein Verlangen nach einem Flickwerk mit jemandem so groß gewesen. Lise ließ uns alleine, denn der Bereich der Flickwerkerei ist eine private Wissenschaft. So standen wir alle beide da in unserem Flickwerk. Ich glaubte plötzlich, fast vergehen zu müssen vor der Schönheit dieses Worts:

Zurechtflicken Verb (Umgangsspr.): grob reparieren.

Das Stümperhafte des Ganzen war ohne Belang, die Kunstgriffe und Winkelzüge waren zu erkennen, doch im Glück schert sich niemand um ein kleines Manöver. Wir gingen einfach spazieren. Meine Jugend kam mir in den Sinn, die Zeit, in der es mich nach einem langen Krankenhausaufenthalt zu Tränen gerührt hatte, einfach spazierenzugehen, frische Luft einzuatmen. Es gab wohl keinen treffenderen Vergleich: Das Wiedersehen mit Alice entsprach einer Genesung. Ich war geheilt von der Zeit ohne sie. Es war unvergleichlich.

Um dem Neubeginn keine Steine in den Weg zu legen, vermieden wir es, die Zeit unseres Getrenntseins zur Sprache zu bringen. Was wir ohne den anderen getan hatten, durfte keine Rolle spielen. Hauptsache, wir waren wieder zusammen, wie es unser beider Wunsch war. Dennoch sah ich es als notwendig an, noch einmal ein gewisses Thema anzuschneiden: unser letztes Mal. Ich ging es an und entschuldigte mich für meine Unhöflichkeit. Ich wollte auch ihren Eltern einen Brief schreiben. Sie war von der Idee ganz angetan. Oder genauer gesagt: Sie war glücklich, daß ich vorschlug, diesen Brief zu schreiben, und das war es, was eigentlich zählte. Sie gab zu, daß ihr Vater sich an dem, was geschehen war, schuldig gefühlt hatte.

«Ja», fuhr sie fort. «Was mir an deinem Verhalten nicht gefallen hat, ist, daß du gar nicht begriffen hast, wie unwohl ihm zumute war. Unwohl, weil ich ihm einen Mann vorgestellt habe. Und mir hat nicht gefallen, daß du mir nicht zugehört hast, daß du die zärtliche Liebe, die ich für ihn empfinde, nicht verstanden hast. Was mich nicht daran hindert, seine Mängel und Vorurteile zu erkennen.»

So stellten wir die Erinnerung an jenen Sonntag wieder her und fanden die ganze Geschichte reichlich lächerlich. Eine absurde Geschichte.

«Wir werden uns nicht wieder trennen. Sag, daß wir uns nicht wieder trennen werden.»

«Ich sag's, Alice.»

«Nie mehr.»

«Wir werden zusammen alt.»

Bei diesem letzten Satz mußte sie schmunzeln, denn er rief eine gemeinsame Erinnerung wach. Ich hatte ihr die DVD des Films *Wir werden nicht zusammen alt* von Maurice Pialat gekauft und das *nicht* mit schwarzem Stift durchgestrichen. Die Verneinungen schwärzen, vielleicht war es das, was wir tun mußten, um zusammen glücklich zu sein.

VII

Ich weiß nicht, ob Frauen außergewöhnliche Eingebungen haben, jedenfalls stattete mir Céline Delamare am nächsten Morgen gleich nach meiner Ankunft im Büro einen Besuch ab. In Wahrheit weiß ich es sehr wohl, Frauen verfügen über Antennen, mit denen sie andere Frauen orten, sie können in einem für Männer unsichtbaren Paralleluniversum miteinander in Verbindung treten und dort ihre Rivalitäten austragen. Die Nacht mit Alice stand mir ins Gesicht geschrieben, während auf ihrem lediglich verworrene Gedanken an mich zu lesen waren. Mich befiel plötzlich der Eindruck, daß sie gealtert war. Ich hatte es an diesem Morgen mit einer anderen Céline Delamare zu tun, ich sah sie nämlich mit anderen Augen an, denn mir war klar, daß ich unserem erotischen Intermezzo nun ein Ende bereiten mußte. Sie schlug vor, gemeinsam zu Mittag zu essen, und ich wußte, dieses Mittagessen würde Zeit in Anspruch nehmen. Ich wußte vor allem, daß wir nicht sitzen durften.

Sie setzte sich mir gegenüber. Ihre langen Haare waren gänzlich glattgebürstet, schließlich wollte sie mir gefallen. Ich wollte eine Stimmung à la «einen Kaffee und die Rechnung bitte gleich dazu» kreieren, sie hingegen war total auf «Hors d'œuvre, Hauptgang und Dessert» eingestellt. Natürlich schlug sich der Kellner auf ihre Seite und zählte freundlich die Spezialitäten des Hauses auf. Während sie überlegte (Céline war eine entschlossene und willensstarke Frau, zögerte jedoch immer bei der Aufgabe einer Bestellung), sann ich über die Notwendigkeit nach, diese Situation gut zu überstehen. Die Lage mußte geklärt werden, und es mußte unter anständigen Bedingungen geschehen, und nicht, wenn ich mit Céline unter einer Decke steckte. Ihr Körper zog mich magisch an, beim Anblick ihrer Nacktheit wußte ich, daß ich niemals die gleiche Rede halten könnte. Hier, vor Zeugen und mit einem Tisch zwischen uns, war es leichter zu sagen:

«Ich habe mich mit Alice versöhnt.»

«Na und?»

Ihre Antwort verblüffte mich. Ich hatte vermutet, der Schlag würde sitzen.

«Ich bin nicht blöd, weißt du. Mir war immer klar, daß du sie noch liebst und daß ihr wieder zusammenkommen würdet. Wieso erzählst du mir das mit so einer Trauermiene?»

«Ich ... ich ...»

«Es ist wegen uns, stimmt's? Mal ehrlich, was ändert das denn? Ich bin verheiratet, du hast eine Verlobte. Um so besser. Das schafft ausgewogene Verhältnisse.»

«Aber ich will sie nicht betrügen.»

«Mit mir betrügst du sie nicht, du führst bloß unsere Geschichte fort. Wie könntest du mir das ausschlagen? Wir werden uns treffen, wann du willst, wo du willst.»

«Aber ich will nicht.»

«Und wenn ich dich inständig bitte? Und wenn ich dich anflehe, mich nicht zu verlassen?»

Noch nie hatte ich erlebt, daß ein starker Charakter so schnell den Wandel zum schwachen vollzog. Und nun beschwor sie mich, sie nicht im Stich zu lassen, wir könnten unsere Affäre doch auf den sexuellen Austausch beschränken, es sei lächerlich, darauf verzichten zu wollen, das würde unser Geheimnis sein, unser Innenleben, und sie täte alles, damit ich mich entfalten könne, alles, um mir zu gefallen. Ich begriff nicht, warum sie soviel Energie aufwandte und bei mir bleiben wollte, nur um die Krümel von mir aufzusammeln und im Schatten meines Verlangens zu stehen. Erst viel später verstand ich, daß sie, nachdem ihr Mann sich geweigert hatte, ein Kind mit ihr zu haben, derart anfällig war, daß sie es nicht mehr ertrug, die geringste Ablehnung zu erfahren. Ich besaß nicht die Reife, um ihr Verhalten richtig einzuschätzen (ich nahm lediglich Notiz von einer Frau, die unfähig war, mich aufzugeben), und mir fehlte der Scharfblick, um zu erkennen, daß ich ihr ab sofort aus dem Weg gehen mußte. Bevor es zu spät war.

Noch das Dessert, dann der Kaffee, endlich wurde die Rechnung gebracht. Mein Gemurmel gab ihr das Versprechen, sie bald wiederzusehen. Sie strich mit ihrem Fuß mein Bein hoch. Ich war tatsächlich erregt.

VIII

Die Dinge nahmen zügig ihren Lauf. Als wären wir in der Zeit, in der wir getrennt gewesen waren, erwachsen geworden. Wir beschlossen, in einem Gebäude mit großem Innenhof gemeinsam eine Wohnung zu beziehen. Ich weiß nicht, warum ich mein Leben immer mit dem von Antoine Doinel[6] vergleiche, auf alle Fälle kam es mir vor, als sei ich am Ende der geraubten Küsse angelangt. Als würde mein Leben in den ehelichen Hafen einfahren, Alice hatte zudem soviel von Claude Jade (vor allem wenn sie schlief). Mir gefiel, wenn sie Röcke im Retro-Look trug und wir im orangefarbenen Stil der 70er Jahre lebten. Das Leben bleibt doch immer das Gleiche.

Ich hatte meinen Eltern Bescheid gegeben, daß ich mit Alice zusammenzog. In erster Linie hatte ich angerufen, um sie daran zu erinnern, daß ich noch existierte. Anscheinend fuhren sie voll auf Gedächtnisschwund ab. Es war extrem schwierig, mit ihnen Kontakt aufzunehmen, sie besaßen nämlich kein Handy. Die Idee, erreichbar zu sein, widerstrebte ihnen. «Da kann man sich ja gleich einsperren lassen», verkündeten sie im Chor. Ihre Ansichten stimmten oft überein. Und ich hatte nie herausgefunden, ob sie stets einer Meinung waren, oder ob einer von beiden den Ton angab. Ich tendierte zu der ersten Variante. Wer sich das Leben eingerichtet hatte wie sie, befand sich besser in vollkommenem Einklang. Womöglich neige ich zur Karikatur und dichte etwas hinzu? Meine Mutter empfand Zuneigung für mich, ich wußte es, ihre Worte habe ich noch im Ohr: «Du ziehst mit ihr zusammen? Du wirst groß, mein Junge, du wirst groß. Ich kann es kaum erwarten, sie besser kennenzulernen, deine Verlobte.» In ganz

6 *Das ist ständig das Problem mit Truffaut: Er hat mein Leben verfilmt, bevor ich es erleben konnte.*

einfachen Begriffen hatte sie gesprochen, nach dem Auflegen wurde ich von Gefühlen überwältigt. Ihre Worte waren wie ein unvermittelter Regen von Zärtlichkeit in der Wüste.

Wir fuhren zu Ikea, und da haben wir uns gestritten. Bei Ikea müßte ein Eheberater arbeiten. Denn nirgendwo tritt das Wesen einer Beziehung so deutlich zutage wie an diesem Ort. Ich frage mich sogar, ob all diese Möbel, die man hinterher erst noch zusammenbauen muß, nur als großartiger Vorwand dienen, um unter Liebenden Zwietracht zu säen. Ich bin mir fast sicher, daß der Gründer von Ikea ein depressiver Schwede (ich schramme haarscharf am Pleonasmus vorbei) war, der kein Gefühlsleben hatte und Mittel und Wege fand, das der anderen zu zerstören. Soziologiestudenten aller Länder sollten dort ein Praktikum absolvieren, der komplette Lernstoff steht parat. Alice und ich bildeten keine Ausnahme von der Regel.

Eine ungeheure, so gut wie ausschließlich aus Pärchen bestehende Menschenmenge war zur Stelle, dezent beäugte man sich gegenseitig, als vergliche man zwischen den Regalen das eigene Leben mit dem der anderen. Den riesigen Wagen zu steuern, den ich vor mir her schob, war aussichtslos. Zu der Angst, die mir die Räumlichkeiten einflößten, gesellte sich die körperliche Anstrengung. Alice war unschlüssig, und schlimmer noch: Sie wollte meine Meinung hören. Aber ich hatte hier keine Meinung, womöglich war eine Lobotomie an mir vorgenommen worden. Ich war bereit, zu allem ja zu sagen, Lampen zu kaufen, die wie ein gewaltiges

Pinkulatorium aussahen, und Regalsysteme bis an das Ende der Zeit zusammenzuschrauben.

«Oh, es ist unerträglich mit dir. Wenn du sehen könntest, was für ein Gesicht du machst!»

«...»

Bitteschön, so einfach geht das. Und das Beste daran ist: Ein Anlaß, ein Gegenstand der Aufregung ist gar nicht vonnöten. Ikea verfügte schlichtweg über eine explosive Dynamik. Etwas, das einen langsam erdrückt. All das zugeschnittene Holz erweckte in mir den Eindruck, den eigenen Sarg auszuwählen.

Doch ich muß gestehen, daß Alice in vielerlei Hinsicht den rechten Blick gehabt hatte. Unsere Wohnung versprühte nun viel Charme, sie erschien mir sogar noch größer. Die Zukunft konnte kommen, das Dekor für alles, was sich zwischen uns ereignen sollte, stand bereit.

Die Seiten der heraufziehenden Jahre mußten nur noch geschrieben werden.

IX

Beim ersten Mal plagten mich gewaltige Gewissensbisse. Ich kam mir niederträchtig und dreckig vor, hatte das Gefühl, Alice zu erniedrigen, zu zerstören, zutiefst zu verletzen, die Buchstaben ihres Namens in alle Richtungen zu verstreuen. Aber es war mir nicht gelungen, Céline zu widerstehen. Die als Single begonnene Liebelei setzte sich fort. Wie eine bereits etablierte Gewohnheit. Die ganze Zeit versuchte sie, mich davon zu überzeugen, daß wir nichts Schlimmes taten. Was wir taten, würde auf keinen Fall unser Leben und Liebesleben beeinträchtigen.

«Und was ist mit dir?», fragte ich sie.

«Was soll mit mir sein?»

«Ist es das, was du willst? Deinen Ehemann betrügen?»

«Reden wir nicht von ihm. Das ist mein Leben. Ich weiß nur, daß ich dich brauche, ich will deine Hände auf meinem Körper spüren und deine Stimme hören, wenn wir miteinander schlafen. Macht es dir denn keinen Spaß mit mir?»

«Doch, Céline, es macht mir Spaß.»

So endeten unsere Aussprachen immer. Gegen die Vormachtstellung des Spaßes war nie etwas einzuwenden. Ich verspürte bei unseren Liebesakten echtes Glück, und es stand mir nicht zu, diese Augenblicke in den Schmutz zu ziehen. Man erhitzt sich in diesen erotischen Nischen so gut man kann. Das ist sicher erbärmlich, aber das Leben ist viel zu kurz, um nach Untadeligkeit zu trachten.

Sie verstand es aber auch, mich zu halten. Das muß ich schon sagen. Céline hatte eine gewisse Art, von schüchternem Sanftmut auf eine fast brutale Form erotischer Selbstsicherheit umzuschwenken. Aufgrund ihres höheren Alters war sie mir sicherlich überlegen, andererseits geschah es bei unseren Liebesspielen häufig, daß ich die Zügel in die Hand nahm, wobei es mir besonders gefiel, sie am Genick zu packen, als handele es sich dabei um ihr Herz. Wir trafen uns während der Mittagspausen in einem Hotel in Büronähe. Manchmal brachten wir eine Flasche Wein oder Champagner mit und stießen auf unser vergnügliches Wohl an. Es war köstlich, es war wahnsinng, es war kindisch. Wir vermieden es, über ernsthafte Themen zu sprechen. Vor allem über das Kind, das sie haben wollte. Ich hütete mich davor, ohne Kondom mit ihr zu schlafen. Sie hingegen wollte es ab und an ohne machen, und manchmal kam mir der Gedanke, daß unser Verhältnis für sie einen einzigen Zweck hatte: schwanger zu werden. Ich stellte mir vor, daß Harold, ihr Mann, zeugungsunfähig war. Das waren allerdings bloß Grillen und Hirngespinste. Céline wollte von Harold ein Kind haben, prallte jedoch laufend mit seinem Nichtwollen zusammen. Dieses Nichtwollen kam der Zeugungsunfähigkeit gleich. Eine schreckliche Gleichung. Harold, der Mann ihres Lebens, wollte niemandem das Leben schenken.

X

Kaum hatten wir uns eingerichtet, schon wollte Alice ihre Eltern einladen. Deren Einverständnis brauchte sie bei jedem größeren Schritt, den sie im Leben tat. In Anbetracht des Unheils, das von der ersten Zusammenkunft ausgegangen war, waren diesmal im Vorfeld freilich einige kleinere Spannungen spürbar. Zum Glück hatten sich etliche Dinge geändert. Die Erklärung, daß den Vater ein Unbehagen befallen hatte, als er den Verlobten seiner Tochter entdecken mußte, hatte mir bereits eingeleuchtet, doch es muß auf einen weiteren Punkt verwiesen werden: Die Eltern hatten sich sehr schuldig gefühlt. Daß ihre nicht gerade liebenswürdige Art meine Reaktion heraufbeschworen und ihre Tochter schließlich ins

Unglück gestürzt hatte, war nachvollziehbar. In dem Moment, als sie die Wohnung betraten, wurde mir klar, daß sie eine wohlwollende Haltung angenommen hatten. Eine freundliche Haltung beinahe. Ihre Gemüter blieben zwar vollkommen erstarrt und erzkonservativ, aber immerhin gaben sie sich redlich Mühe, Alices Entscheidung zu respektieren.

Ich durfte ein «Fritz hier» und ein «Fritz da» in Anspruch nehmen. Sie waren voll des Lobes über den *Larousse*. Gérard führte den Reichtum unseres Wortschatzes ins Feld. Er überlegte, ob er hinzufügen sollte: unseres französischen Wortschatzes. Ich spürte, wie er seine Worte abwog. Wie er mit den Worten einen Eiertanz aufführte. Da er sich nicht wirklich für andere interessierte, trat er bald auf der Stelle. Alice kam ihm zu Hilfe:

«Seht euch dieses Möbelstück an. Das hat Fritz zusammengebaut.»

Sie betrachteten mich mit zügelloser Bewunderung. Mit einem Mal hielt ich mich für Gustave Eiffel. Alice rückte mich ins beste Licht, sie war so süß, und nichts rührte mich mehr als ihre Versuche, uns bei guter künstlicher Stimmung ein Profil zu geben. Mehr kann man an einer Frau nicht lieben. Was mich anbelangt, so verdoppelte ich meine Anstrengungen, um wie das Double des idealen Schwiegersohns zu erscheinen. Ich reihte die Höflichkeitsfloskeln und die «wünschen Sie noch etwas zu trinken?» aneinander, wo die Gläser noch bis zum Rand mit meinen guten Absichten gefüllt waren. Diese ersten Minuten waren ein Fest der Höflichkeit und des gegenseitigen Respekts. Das Ganze wurde natürlich von einem wohldosierten Glucksen begleitet. Das Ziel, die Erinnerung an das erste Zusammentreffen zu löschen, wurde erreicht. Alles konnte von vorne beginnen, und alles sollte von vorne beginnen. Offenbar war nichts einfacher als das.

Es passierte genau in dem Moment, in dem wir uns zu Tisch setzen wollten. Ein schreckliches Ereignis, das in der hübschen Partitur, die wir gerade einstimmig zur Aufführung brachten, Mißtöne zu erzeugen drohte. Ein Telefonanruf kündete davon. Offen gestanden grübelte ich noch über das soeben Geschehene nach, ich hatte gar keine Zeit gehabt, etwas einzuwenden, als Alice, die mein aschfahles Gesicht bemerkte, nebenbei fragte: «Wer war's?», und ich ihr ein eindeutiges Kopfzeichen gab. Ein Zeichen, das wir vorher verabredet hatten und das soviel bedeutete wie: dringende Lagebesprechung in der Küche. Ein Fall von höherer Gewalt war eingetreten, eine Katastrophe, der Ruin.

«Aber was ist denn los?»

«...»

«Sag schon!»

«Es waren ... meine Eltern.»

«Was ist mit deinen Eltern?»

«...»

«Rede! Du machst mir Angst! Warum machst du so ein Gesicht?»

«...»

«Sag nicht ... sag nicht, daß ihnen etwas zugestoßen ist ... sag nicht ... sind sie tot?»

«Schlimmer.»

«Schlimmer?»

«Ja. Sie kommen her.»

Man muß es in aller Bescheidenheit gestehen: Manche Dinge entziehen sich einer rein technischen Beschreibung[7]. Für die Miene, die Alice in diesem Augenblick machte, ließe sich kein entsprechender Begriff im *Larousse* finden. Dann geriet sie in Fahrt:

«Aber was soll denn das, sie kommen her? Du hättest ihnen sagen müssen, daß das nicht geht. Nicht heute abend!»

«Alice, es war nichts zu machen. Mein Vater hat mir schwammig erklärt, sie hätten einen Anschlußflug verpaßt und es sei eine unangenehme Lage und sie kämen gleich her ... ich konnte nichts machen.»

«Wir müssen alles ausschalten.»

«Was?»

«Wir schalten den Strom ab. Wir machen meinen Eltern weis, das sei im Haus so üblich. In Polen, glaube ich, gibt es diesen Brauch, daß man sich zwischen zwei Gängen totstellt.»

«Das ist jetzt nicht der richtige Moment, um die Polen mit in die Sache reinzuziehen. Die haben schon genug gelitten, die Polen.»

«Aber was sollen wir denn machen? Mach was! Stell dir vor, was für einen Schock das auslösen wird. Meine Eltern

7 *Stellen Sie sich etwa einen Depressiven vor, der sich den Tag mit der Lektüre von* Vom Nachteil, geboren zu sein *von Cioran versüßen will.*

beginnen gerade erst, sich daran zu gewöhnen, daß ich mit so einem wie dir zusammen bin, und nun stell dir vor ...»

«Ja ja, ich weiß», unterbrach ich sie, denn es war sicher vorzuziehen, den Rest nicht mitanhören zu müssen.

In meiner Panikstimmung mußte ich also meine Verlobte beruhigen und ihr ein Glas Wasser bringen. Töchter aus gutem Hause sind zartbesaitet. Das Seltsame daran war: Indem ich nach beschwichtigenden Worten rang, beschwichtigte ich mich selbst. Möglicherweise ist das eine geeignete Methode zur Angstabwehr: immer jemanden in der Nähe haben, der noch leichter auseinanderfällt. Einen Augenblick lang hatte ich die Vorstellung: Ich sah mich als Leiter einer Agentur, die nervenschwache Geschöpfe auf Leihbasis anbot. Als ich in die Realität zurückkehrte, nahm Alice wieder Farbe an, die, die ich so liebte, eine Art Blaßrosa.

Unsere Situation stellte sich so dar: Gerade jetzt, da ihre Eltern vermehrt ihren guten Willen anstrengten, drohte, so fürchtete ich, das verfrühte und unangekündigte Zusammentreffen mit meinen Eltern unsere Pläne zur Makulatur zu machen. Kaum war ich in das Kostüm des perfekten Schwiegersohns geschlüpft, schon kamen meine Eltern, um es zu zerknittern. Aus der Küche zurück, hatten wir letztlich beschlossen, uns auf die unvorhergesehenen Umstände einzustellen. Früher oder später würden sie sich kennenlernen, warum also nicht gleich? Alices Mutter ging mit sich zurate:

«So so, es war nicht vorgesehen, daß sie kommen, und jetzt kommen sie ...»

«Ja Mama, unvorhergesehene Umstände.»

«Ah, ich verstehe, unvorhergesehene Umstände.»

Alices Mutter hatte nicht damit gerechnet, es eines Tages mit unvorhergesehenen Umständen zu tun zu bekommen. Sie war von unbeugsamer Strenge, plante jede Minute ihres Lebens, und es ist nicht auszuschließen, daß sie schon wußte, an welchem Tag sie sterben würde. Was ihr da soeben zu Ohren gekommen war, schien sie zu faszinieren, immer wieder sagte sie die Wörter «unvorhergesehene Umstände» vor sich hin, als bezeichneten sie so etwas wie eine exotische Barbarei.

«Laß mal gut sein», unterbrach sie Gérard. «Das kann doch jedem mal passieren, daß er seinen Anschlußflug verpaßt. Weißt du nicht mehr? Sommer 1977, da haben wir um exakt zwei Minuten unseren Zug verpaßt, und dann haben wir bei deinen Vettern zweiten Grades übernachtet.»

«O ja, ich erinnere mich», gab Éléonore unangenehm berührt zu.

Der Film *Das Leben ist ein langer ruhiger Fluß* ging mir durch den Kopf, Bürgerkriege und kalte Kriege, Begegnungen der dritten Art, Begegnungen der vierten Dimension ebenso, ich dachte an die großen Ideendebatten, weltanschauliche Theorien, Kapitalismus und Kommunismus, Salz und Pfeffer, ich dachte an alles und an das Gegenteil von allem, mich befiel die nackte Angst, die auf einem Hauptgrund fußte, den ich mit einem Hang zur Entblößung nun gestehe: Ich wollte meinen Schwiegereltern gefallen. Ich wollte akzeptiert werden, Gewohnheiten haben, Sonntage erleben, die vielleicht unerträglich waren, dafür aber feste Größen. Ich hatte Angst, meine Herkunft könne plötzlich meine Zukunftshoffnungen zerschlagen. Unser Leben ist eine ständige Wiederholung. Man gibt sich der Illusion hin, daß man am Ende der Entwicklungskurven nicht wieder am Ausgangspunkt anlangt. Dabei liegt es auf der Hand, daß wir wieder zu unserem Ursprung zurückkehren, dem Staub. Die bevorstehende Invasion meiner Eltern war der Beweis dafür.

Schweißtriefend traten sie ein. Da sie ununterbrochen redeten, blieb mir kaum Zeit zu verkünden, daß sie François und Françoise hießen (sie gestatteten nicht einmal, daß diese Besonderheit als unterhaltsames Einstiegsgesprächsthema diente). Etwas hastig begrüßten sie die Runde, ohne sich wirklich dafür zu entschuldigen, während des Essens hereinzuplatzen. Meine Mutter nutzte die Gelegenheit, um die nicht aus biologischem Anbau stammenden Produkte unseres Essens zu kritisieren, doch man konnte meinen Eltern nicht böse sein, sie brachten so viel Schwung mit, sie kamen herein, und man hätte glauben können, sie seien schon immer dagewesen. Genau das gleiche Gefühl hatte ich schon in meiner Kindheit gehabt: Sie brachten mich oft zu den Großeltern, als sie dann aber da waren, nahmen sie dermaßen viel Raum ein, daß ich letztlich nicht den Eindruck hatte, sie hätten mir lange gefehlt. Sie behaupteten, erschöpft von der Reise zu sein, doch das sah man ihnen überhaupt nicht an. Als wir gerade mitten im Essen waren, hielt es mein Vater, dieser sagenhafte Naturbursche, für angebracht, uns ins Vertrauen zu ziehen:

«Es gab dort keine Möglichkeit, sich zu waschen. Alles

war rationiert. Ich hab also seit zehn Tagen nicht mehr geduscht, stellt euch das mal vor.»

«Ich hab mich immerhin mit dem Waschlappen abgewischt», stellte meine Mutter klar.

Um zu verhindern, daß mein Vater sich den ganzen Abend lang vor uns kratzte, führte ich ihn ins Badezimmer. Da Éléonore anscheinend keine Luft mehr bekam, machte ich das Fenster auf. Im Erdgeschoß unseres Hauses befand sich ein kleines Café, in dem eine Reggaeband spielte. Am Ende machte ich das Fenster lieber wieder zu, damit keine von ausschweifendem Ganja-Konsum inspirierten Klänge zu uns aufstiegen. So erging es mir mit vielem, meine Handlungen erforderten auf der Stelle Gegenhandlungen, eine schöne Choreographie des Unbehagens.

Meine Mutter setzte sich zu uns an den Tisch und faßte die Reise kurz zusammen: Sie kamen aus einer entlegenen Region Kolumbiens zurück.

«Ist das denn nicht gefährlich?» ängstigte sich Éléonore, die sich unter einer Expedition lediglich eine Fahrt vom Haus der Familie in der Bretagne zu dem in den Cevennen vorstellen konnte.

«Gefährlich? Wissen Sie, wenn Sie hier auf die Straße hinuntergehen, ist das Risiko, überfahren zu werden, genauso hoch. Ich sage es meinem Sohn immer wieder. Na, Fritz, stimmt's, daß ich dir immer wieder sage, daß du gefährlicher lebst als wir?»

«Ja Mama, es stimmt. Das sagst du oft», pflichtete ich ihr gesenkten Hauptes bei.

Die beiden Mütter tauschten noch ein paar Oberflächlichkeiten bezüglich der Relativität von Gefahren aus, die wie ein surrealer Dialog zwischen einem stummen Serbokroaten und einem tauben Texaner anmuteten. Vielleicht lächelten sie sich deswegen so häufig an. Sie wirkten beide interessiert, die Welt des anderen kennenzulernen. Während die Frauen sich unterhielten, starrte Gérard meine Mutter an. Erstaunlicherweise schien ihn die Vorstellung von einem verwegenen Leben anzuziehen. Nach einer Weile fuhr er dazwischen:

«Und wie machen Sie es, wenn Sie da unten den *Figaro* lesen wollen?»

Da brach meine Mutter in Gelächter aus, und Alices Vater freute sich, weil endlich jemand seinen Humor verstand. Mein Vater kehrte aus dem Badezimmer zurück, er ließ sich auf einem Stuhl nieder, und das Gespräch kam wieder in Gang. Gérard sprach von seinen Geschäften, und meine Eltern beurteilten ihn nicht. Wir kamen zum Dessert, anschließend wollten sie einen Kaffee auf unserem hübschen Sofa trinken. Alice und ich hatten für sie zu existieren aufgehört. Wir waren bloß noch die Kinder.

Ich hätte auch gleich sagen können, was geschah: Unsere Eltern verstanden sich blendend. Erst hatten wir einen Ideologiezusammenprall befürchtet, nun sahen wir verdattert Geistesverwandtschaften mit an. Sowohl meine Eltern als auch die von Alice verkehrten ansonsten mit Leuten, die ihnen selbst ähnelten. Zum ersten Mal seit langem sprangen sie über die Schatten ihrer Vorurteile. Ein frischer Wind wehte durch die Köpfe. Alice und ich waren fassungslos. Und jetzt fingen sie auch noch an, sich zu duzen, es fehlte nicht viel, und sie hätten sich kameradschaftlich auf die Schulter geklopft. Wir konnten nicht mehr, doch nichts zu machen: Unser Gähnen störte den wunderbaren Hergang dieser Freundschaftsfindung nicht im geringsten.

Nach einer Weile fiel unseren Erzeugern wieder ein, daß wir auch noch da waren (vielen Dank). Und noch ein unwesentliches Detail am Rande: daß sie sich bei uns zu Hause befanden. Erschöpft legte Alice ihren Kopf an meine Schulter. Und diese Positur führte die nun folgenden Begeisterungsstürme herbei. Lassen Sie mich das erklären. Als der Blick meiner Mutter auf meine Verlobte fiel, war sie wahrhaft gerührt und flüsterte:

«Oh, wie süß sie ist ...»

«Ja, das ist schließlich meine Tochter», sagte Éléonore.

«Wohlgemerkt, mein Sohn ist auch nicht schlecht», sagte meine Mutter.

«Ein schönes Paar», schloß Alices Mutter, oder war es die meine, die so schloß? (Mutterstimmen sind alle gleich)

Insbesondere erinnere ich mich, wie sie uns anschauten, mit bewegten Mienen, und mit einem Mal bemerkten, daß die Zeit vergangen war und sie bei ihren Kindern zum Essen eingeladen waren. Von ihren eindringlichen Blicken in Verlegenheit gebracht, begannen wir zu grinsen wie Teenies, die wir nicht mehr waren. Und mitten in dieses liebevolle Familienfest hinein stellte mein Vater plötzlich diese Frage:

«Aber sagt mal, wie habt ihr zwei euch überhaupt kennengelernt?»

Weder Alice noch ich waren imstande, unverzüglich zu antworten, die Erinnerung an das letzte Beisammensein blockierte unsere Gehirne. Wir begnügten uns mit einem idiotischen Lächeln. Damit war die Bahn frei für Gérard. Da er zeigen wollte, daß die Vergangenheit der Vergangenheit angehörte und alles verziehen war, gönnte er sich ein klein wenig Humor:

«Die zwei haben sich in einem Swingerclub kennengelernt!»

Als er diesen Satz aussprach, hatte er lediglich vergessen, daß meine Eltern nicht die geringste Ahnung hatten, worauf er anspielte. Leicht überrascht sahen sie ihn an. Und dies wäre der passende Moment gewesen, in dem man alles hätte erklären können, doch ich weiß nicht wieso, wir saßen nur da und schwiegen betreten. Auf dem Gebiet des betretenen Schweigens sollte uns noch deutlich Schlimmeres begegnen. Denn mein Vater musterte mich und meinte:

«Ach, bei dir wundert mich das gar nicht, Fritz! Du bist schließlich unser Sohn.»

Éléonore fiel fast in Ohnmacht und überdachte den Abend noch einmal durch die Brille dieser Äußerung. Auf einmal fand sie, daß meine Eltern ihr und ihrem Mann auf dem Sofa verdächtig nahe gerückt waren. Sie erhob sich brüsk und verkündete:

«Nun gut. Wir gehen jetzt besser.»

«Ja, genau», bekräftigte Gérard.

Das betretene Schweigen hielt an. Alices Eltern zogen ihre Mäntel an. Der Abend endete mit einem Fiasko, das fast gesundheitsschädlich anmutete. Was hatten Alice und ich nur an uns, warum erzeugten wir jedesmal ein Desaster? Es war keine Zeit, trüben Gedanken nachzuhängen, ich mußte versuchen, die IKEA-Möbel zu retten. Und ein Geständnis abzulegen:

«Aber nein! Alice und ich mochten keinen Lachs! So haben wir uns kennengelernt!»

Ich hörte noch, wie Éléonore «In welchem Irrenhaus sind wir hier gelandet?» sagte, dann verschwand ihr magerer bleicher Körper erst im Halbschatten des Treppenabsatzes, bevor er von der Dunkelheit gänzlich hinfortgerissen wurde. Im Treppenhaus funktionierte nämlich das Licht nicht.

XI

Alice gab zu Hause jede Menge Deutschstunden. Die übrige Zeit unterrichtete sie an einem Gymnasium in einem sogenannten Problembezirk (was ihre Mutter zutiefst beunruhigte). Ich war bei Larousse gerade befördert worden (was meine Mutter zutiefst beunruhigte). Wir wohnten zusammen unter einem Dach. Und um diesen schönen Kurs der Normalität nicht zu stören, kam eines Tages der zunehmend logisch erscheinende Gedanke auf, daß wir Lust haben könnten zu heiraten, und einen kleinen Sohn zu haben, der Fußball spielen würde, oder eine kleine Tochter, die Klavier spielen könnte. Eines Morgens, als ich über all das nachdachte, sagte ich mir: «Sieh da, Fritz, du bist ein erwachsener Mensch geworden.» Und als ich an Céline dachte, rief ich diesen Pleonasmus aus: «Sieh da, du bist ein erwachsener Mensch, der Scherereien am Hals hat.»

Célines Körper kannte ich in- und auswendig. Was als erotische Oasen begonnen hatte, war unweigerlich zur Routine geraten. Manchmal hatte ich das seltsame Gefühl, daß meine eigentliche Geliebte Alice war. Es war höchste Zeit, diese Geschichte zu beenden. Doch es war nichts zu machen, Céline schaffte es immer wieder, mich weichzuklopfen und mir zu verbieten, mit ihr zu brechen. Ich sah nun ein, daß es viel wichtigere Dinge gab als sexuelle Verschlingungen, und daß sie es nicht ertragen würde, von mir zurückgewiesen zu werden. Die Sache ging über meine Kräfte. Céline behauptete, ihren Mann zu lieben, mit mir würde sie nur ihren Spaß haben, und mir wurde klar, daß der Leichtfertigkeit einer Frau, die mit solchen Worten ihren Körper darbietet, nie zu glauben ist. Also erlag ich ihr, aus Feigheit, aus Gewohnheit, und um meinen Mann zu stehen.

Hie und da bemühten wir uns, unsere Liebesspiele aufzuheitern, und ich konnte nicht umhin, die Art, wie Céline versuchte, mein im Sterben liegendes Verlangen wiederaufflackern zu lassen, pathetisch zu finden. Wir glichen jenen Kerzen, die partout nicht herunterbrennen wollen, bei denen man glaubt, sie werden nie erlöschen, solange sich noch eine winzige Flamme am Leben hält. Ich weiß nicht mehr, von wem dieser Satz stammt: «Nur Kerzen wissen, wie es ist, mit dem Tode zu ringen», doch Céline und ich, wir waren drauf und dran, in die verborgensten Winkel des Todeskampfes vorzudringen.

Sie stellte mir keinerlei Fragen, und ich verbot ihr, abends oder am Wochenende mir auch nur eine SMS zu schicken.

Dennoch war mir nie wirklich wohl zumute. Ihr Geist schwebte beharrlich über meinem Dasein. Die einstige unerschöpfliche Quelle der Leichtigkeit hatte sich in eine schwere Last verwandelt. Es stimmt, wenn man immer sagt, am Anfang sei alles leicht: Glück sollte nach Gewicht gemessen werden. Man müßte unsere Liebesgeschichten abwiegen, um ihren Verfallsgrad zu erkennen. Céline warf also einen dunklen Schatten auf mein Leben, denn, das kann ich nun zugeben: Sie hatte mich bedroht. Nicht mit unflätigen Äußerungen, vielmehr auf die hinterhältige Tour, mit Anspielungen, mit Blicken. Sollte ich mich weigern, mich weiterhin mit ihr zu treffen, würde sie Alice alles erzählen. Es war nicht mehr und nicht weniger als Erpressung, ich hatte das Gefühl, für etwas büßen zu müssen, das ich nicht getan hatte. Harolds nicht vorhandener Fortpflanzungstrieb lastete auf meinen Schultern, obwohl ich den Mann gar nicht kannte, als ob wir alle nebeneinander aufgereihte Dominosteine wären. Und ich fürchtete, mich unversehens als der letzte Dominostein in der Reihe wiederzufinden, auf den eine ganze Kette von Enttäuschungen einstürzt.

Diese Umstände wirkten sich auf mein Verhältnis zu Alice aus. Auch wenn wir uns nicht mehr so häufig in den Haaren lagen, schwelten doch allerlei Konflikte. Hauptverantwortlich für die Reibereien war meine übermäßige Reizbarkeit. Oft fragte mich Alice, was mit mir los sei, und ich sehnte mich danach, ihr mein Verhältnis mit Céline zu gestehen, wollte mich allem entledigen, was unserer Zukunft im Wege stand. Doch ich wußte genau, das Geständnis würde ihr unglaublich weh tun und die Trennung zur Folge haben. Ein undurchführbarer Plan. Der Countdown des Unglücks lief, während ich das Glück noch im Herzen trug.

Ich kam erschöpft nach Hause. Es war so ein Abend, an dem einen nichts mehr erschüttert. Ein Abend, an dem man sich im Fernsehen die Katastrophen dieser Welt anschaut und zu nichts anderem in der Lage ist, als am Haarschnitt des Moderators herumzunörgeln. Ein Abend, an dem abendländische Gefühlskälte herrscht, engherzige Gleichgültigkeit, an dem in unseren feinen Adern der Zynismus kocht. Alice unterrichtete noch. Es war Benoît, der kurz vor dem Abitur stand und der sein Deutsch verbessern wollte, um sich an einer zweisprachigen Eliteuniversität einschreiben zu können. Merkwürdig, wie sehr man Dinge manchmal liebt, um sie dann plötzlich nicht mehr ausstehen zu können. Nach Hause zu kommen und dort von deutschen Wörtern empfangen zu werden, war für mich immer der Gipfel der Verzückung gewesen, so wie anderen Männern der Geruch von Kalbfleisch in weißer Soße zu Herzen geht. Wie hatte ich es geliebt, in meinem Wohnzimmer der deutschen Sprache zu lauschen, mich in totaler Romantik zu wiegen. Doch davon wollte ich an jenem Abend nichts hören. Ich war geschlaucht vom Tage, am liebsten wäre es mir gewesen, wenn Alice das Schweigen unterrichtet hätte.

Die Bewegungen, die ich ausführte, waren schwerfällig, ich machte Lärm, als wollte ich unbewußt gegen die Gegebenheiten protestieren. Mit einem Mal verlor Alice die Fassung.

Überleitungen hatten uns seit jeher ferngestanden. Ich hätte mir gewünscht, sie würde fragen, was mit mir los sei, doch sie fuhr auf und schrie mich finsteren Blickes an:

«Kannst du nicht leiser sein, Fritz! Siehst du nicht, daß ich gerade unterrichte!»

«Oh, schon gut! Ich bin hier immerhin zu Hause! Wo ich tun und lassen kann, was ich will!»

«Was ist denn mit dir? Hast du getrunken oder was? Du riechst nach polnischem Wodka!»

«O nein, es ist nicht der Moment, um die Polen in die Sache reinzuziehen!»

«Ja, ich weiß, die Polen haben schon genug gelitten!»

«Kannst du mir sagen, warum wir gerade streiten?»

«Weil du Lärm machst und keine Rücksicht auf meinen Unterricht nimmst. Und der arme Benoît hat demnächst seine Aufnahmeprüfung.»

«Dein Benoît ist mir schnuppe, ich pfeife auf seine Aufnahmeprüfung! Er sieht sowieso aus wie ein Arbeitsloser!»

Diese Ausführungen nutzte Benoît, um auf der Bildfläche zu erscheinen. Ich entschuldigte mich sofort. Nebenbei prüfte ich nach: Er sah eher nach einem Inspektor für Gemüseanbau oder, wahrscheinlicher, nach einem Ausbilder für Diplomaten aus. Die Spannungen, die sich im Laufe des Tages aufgebaut hatten, hatten wieder abgebaut werden müssen. Ja, es stimmte, ich hatte, um mich zu entspannen, ein paar Wodka getrunken. Womit ich wie immer genau den entgegengesetzten Effekt erzielt hatte. Wahrlich, der Sinn dieser Redensart wird sich mir nie erschließen: trinken, um zu vergessen. Wenn ich trank, hatte ich vielmehr den Eindruck, daß mein Scharfblick besonders ausgeprägt war. Trinken, um sich zu erinnern. Andererseits konnte ich mich nicht mehr erinnern, wieviel Wodka ich genau getrunken hatte.

Schließlich machte Benoît einen Vorschlag: «Ihr dürft euch gern in meinem Unterricht streiten, doch es wäre vielleicht das Beste, wenn ihr das auf Deutsch tut.» Vollkommen perplex standen wir da. Die Auseinandersetzung war damit nicht vom Tisch, sie nahm nur eine andere Wendung. Zwar war ich noch jung, doch angesichts solch moderner Monster der Effizienz kam ich mir alt vor. Alice zögerte einen Augenblick (sie machte wirklich ein Gesicht wie jemand, der auf einem Bahnsteig steht und wartet), dann begann sie, mich auf deutsch zu beschimpfen. Das klang alles nicht sehr nach Goethe. Unter anderen Umständen hätte ich ihren germanischen Leidenschaftsausbruch bestimmt zu schätzen gewußt, doch in dem Fall war ich überfordert. Ich ließ mich auf dem Sofa nieder und lauschte dem Donnerwetter, von dem ich kein Wort verstand. Der junge Mann, der danebensaß, machte sich Notizen.

Selten hatte ich einen derart surrealen Anblick genossen.

Gewillt, eine Reaktion an den Tag zu legen, überlegte ich, in welcher Sprache ich kontern könnte. Mir waren zahlreiche fremdsprachliche Wendungen geläufig, aber eben nur Wendungen. Erst wollte ich in einem dänisch-kroatischen Kauderwelsch zum Gegenschlag ausholen, doch dann entschied ich mich für ein bißchen polnisch. Leider war der einzige

Satz, der mir in den Sinn kam, «Wissen Sie, wie ich zum Hotel komme?» Zweifel überkamen mich, ob diese polnische Kapriole das Kräftegleichgewicht wiederherstellen würde. Dieser Überfall ließ mir keine andere Wahl als die Kapitulation. Es war doch immer das gleiche. Dieser Szene kam immerhin das Verdienst zu, daß wir etwas entspannter waren. Vielleicht sollte man sich nur in Fremdsprachen streiten. Benoît beobachtete uns aufmerksam; bestimmt gaben wir ein ziemlich dramatisches Bild der Liebe ab.

Die Stunde war vorüber. Er packte seine Sachen zusammen und ging zur Tür. Als er hinaustreten wollte, drehte er sich noch einmal nach uns um, ganz langsam, wie in Zeitlupe, und es lag auf der Hand, daß er etwas Wichtiges sagen würde: «Ihr solltet heiraten. Ihr seid genau wie meine Eltern.»

XII

Da liege ich nun in unserer tollen Firma auf der Auslegeware. Die Angestellten kommen vorbei und äußern sich besorgt über meinen Zustand. Manche brechen in Gelächter aus, andere halten das Lachen zurück, und ich schließe daraus, daß ich von der Lächerlichkeit nicht allzu weit entfernt bin. In meinem Kopf dreht sich alles, jedem anständigen Arbeitnehmer würde bereits die Krankschreibung vorschweben. Aber ich will nicht krankgeschrieben werden, ich will allen zeigen, wie stark ich bin, daß ich von einem Postsack, der mir auf den Kopf fällt, nicht aufzuhalten bin. Zum Glück werde ich das überleben, den Gedanken, von einer Postkartenlawine erschlagen zu werden, würde ich nicht ertragen.

*

Fritz (1979 – 2006): Nach chaotischer Kindheit nahm er ein Studium in unterschiedlichen Fächern auf, in denen er es allerdings auf glänzende Resultate brachte. Später bekam er sein Leben auf wundersame Weise in den Griff. Übereinstimmenden Quellen zufolge hatte er den Plan ins Auge gefasst, eine Schopenhauer-Biographie in drei Bänden zu schreiben, doch letzten Endes starb er an seinem Arbeitsplatz, zerquetscht von einem Postsack.

*

Hätten die Gehirne von Angestellten der Marketingabteilung keine Gedanken ausgebrütet, wäre nichts passiert. Normalerweise laufen Marketingstrategien bei Larousse darauf hinaus, Preisausschreiben zu organisieren. Wir fahren total auf Preisausschreiben ab, dafür haben wir in Paris eine eigene Postadresse. Wer an einem Preisausschreiben teilnehmen will, muß dies in schriftlicher Form tun (vom Internet haben wir noch nie etwas gehört) und eine Postkarte schicken (Umschläge gibt es bei uns nicht). Nun bin ich der lebendige Beweis dafür, daß es ganz viele Menschen gibt, die mit ihrem Tag nichts anzufangen wissen und Zeit haben, aus dem Lexikon die Antworten herauszusuchen, diese abzuschreiben und eine Postkarte zu versenden. Nur um ein Wochenende Thalassotherapie zu gewinnen oder einen Sitzplatz bei den französischen Rechtschreibmeisterschaften, gleich neben ihrem Schöpfer Bernard Pivot. Vorstellbar wäre auch, einmal ein Wochenende Thalassotherapie mit Bernard Pivot zu verlosen (überschwengliche Begeisterung in unserem Lektorat).

Ich versuche meinem Tag mit Mut, den ich plötzlich an mir entdecke, zu begegnen, ich zeige erstaunliche Fähigkeiten darin, die Schwankungen meines Blickfelds zu überspielen. Ich habe viel zu tun, der Verlag stellt hohe Erwartungen an mich, ich bin jung und dynamisch, ich benutze nicht meine ganzen Essensgutscheine und gehe nicht als letzter, wenn ein kleiner Umtrunk veranstaltet wird oder wenn es ein Gläschen zu einem Abschied gibt. Ich bestehe auch nicht ständig auf meiner 35-Stunden-Woche, bin imstande, meine Erholungsphasen den Erfordernissen der Produktion unterzuordnen. In diesem Moment beschleichen mich eigenartige Gedanken: Ich denke über die Notwendigkeit nach, eine Bilanz meiner Kompetenzen aufzustellen, als hätte der Postsack einen Schock ausgelöst, der mich auf mich selbst zurückwirft. Ganz in meiner Nähe befindet sich eine junge Praktikantin mit einem ungewissen Äußeren, ich meine, man wird erst in einigen Jahren wissen, ob sie sich zu einer gefühllosen und neurasthenischen Schönen oder zu einer unansehnlichen aber heiteren Spröden entwickeln wird, sie hängt noch in der Luft, und zu einem anderen Zeitpunkt meines Lebens hätte ich mich zu ihr aufgeschwungen. Sie bedankt sich immer artig bei mir, auch wenn ich sie nur zum Photokopieren schicke. Heute ist die Lage allerdings anders. Nach der Geschichte mit dem Postsack habe ich mir etwas zu beweisen und beschließe, selber zum Photokopieren zu gehen.

«Wollen Sie wirklich, Monsieur? Soll nicht lieber ich gehen?»

«Nein danke, Ursula, sehr freundlich. Aber mir ist ganz nach Photokopieren zumute.»

Auf dem Weg zum Kopierer beschäftigt mich die Frage: Ursula, ist das der richtige Name? Heißt sie nicht vielmehr Joséphine?

Als ich den Photokopierraum betrat, dachte ich wieder an die frühere Zeit, manchmal genügt ein Geruch, um einen in die Vergangenheit zurückzuversetzen. Ein Hauch von meinem Praktikum lag in der Luft, der Duft meiner Unschuld, sie war so nah und doch so fern. Ich stand allein im Raum und begann, ein paar Kopien zu machen. Und genau in diesem Moment kam Céline Delamare herein.

«Ah, da bist du ja ... ich hab dich überall gesucht. Ich hab gehört, dir ist ... ein Postsack ... auf den Kopf gefallen ...», sagte sie und konnte sich dabei ein Lachen nicht verkneifen.

«Hm, nun ja, das ist nicht lustig.»

«Doch doch, es ist lustig. Wenn dir nichts passiert ist, ist es lustig.»

«Ich weiß nicht warum, aber mir ist so komisch.»

«Bestimmt eine Nebenwirkung ... warte mal ... warte ...»

«Was denn?»

«Du ... du ... du ...»

«Aber was ist denn?»

Ich hatte vollends vergessen, daß sie über außergewöhnliche Fähigkeiten verfügte. Um die Wahrheit zu sagen, habe ich nie wirklich herausgefunden, ob sie nun welche hat oder nicht, doch hatte sie mich des öfteren mit der Hellsichtigkeit ihrer Aussagen über diverse Leute verblüfft. Ihr Gesicht verzerrte sich zusehends, es wurde immer blasser. Ich war sprachlos, wir standen unschlüssig herum, wie drei kleine Pünktchen. Endlich redete sie:

«Fritz, ich weiß alles ... alles, was du mir nicht sagen willst ... ich habe es gesehen, an der Art, wie du diese Photokopie gemacht hast ... du willst mich endgültig verlassen ... du wirst nämlich ... heiraten ...»

Céline stammelte weiter, versuchte, ihre Rede zu Ende zu bringen. Woher konnte sie das wissen? Erst vor wenigen Stunden hatten Alice und ich den Entschluß gefaßt, uns zu einem normalen Leben durchzuringen. Das wußte noch niemand, und den ganzen Tag hatte ich in so einem merkwürdigen Zustand zwischen Panik und Glücksgefühlen geschwebt. Dieser Zustand war vermutlich die Ursache meiner Unachtsamkeit gewesen, als all die Postkarten auf mich niedergegangen waren. Und nun entlarvte mich die erstbeste Photokopie.

*

Plötzlich fiel mir etwas ein: In dem Preisausschreiben war es um den Begriff der Freiheit gegangen. Es galt, unterschiedliche Definitionen zu finden, die verschiedene Auffassungen von Freiheit ausdrückten. Was hatte ich von der Parallele zu meiner Situation zu halten? Ein paar Stunden, nachdem ich mich zum Heiraten entschlossen hatte, erschlug mich die Freiheit.

*

Gegenüber Céline mußte ich erstmalig meine Absichten bekräftigen. Ich tat es. Ja, ich werde heiraten. Nein, ich möchte das Verhältnis nicht mehr fortführen. Im Handumdrehen schloß sie den Raum ab. Céline war eine Frau, die Schlüsselgewalten innehatte. Man sollte sich nie auf Frauen einlassen, die die Schlüssel in der Hand haben. Sie auslassen, ja, aber nicht einlassen. Das war nicht mehr Céline Delamare, die vor mir stand, das war eine andere, eine vollkommen verhexte Frau. Eine Art Magali Delamare, oder eine Judith Delamare. Sie flößte mir Angst ein, richtig Angst, und ich stand wie versteinert da. Ich glaubte wirklich, sie würde mich umbringen; vielleicht hatte mein Stündlein geschlagen, dem Postsack war ich noch wie durch ein Wunder entkommen, nun aber brach weiblicher Haß über mich herein. Sie haßte mich, weil sie genau wußte, daß alles anders werden würde. Sie wußte, daß meine feige Moral immer an mir gezehrt hatte und daß ich sie nicht weiterhin einfach treffen könnte, wenn ich einmal verheiratet wäre. Sie begann, auf mich einzuprügeln, zu brüllen, das dürfe nicht geschehen, ich habe nicht das Recht, sie zu verlassen. Würdelos, elend und gedemütigt warf sie sich vor mir auf die Knie und versuchte nicht mehr, irgendeinen Schein zu wahren. Mir kam wieder meine erste Verabredung mit ihr in den Sinn, der erste Eindruck, den sie auf mich machte, als starke Frau, die ganz in rot in ihrem Büro saß. Doch nun war sie nur noch ein

Schatten ihrer selbst und beweinte den Schatten meiner selbst.

Ich half ihr auf. Sie war in Tränen aufgelöst. Nie zuvor hatte ich solchem Schmerz gegenübergestanden. Dieser Augenblick sollte meine Beziehung zu Frauen für den Rest meines Lebens prägen, doch das wußte ich noch nicht. Nie wieder würde ich etwas tun können, ohne an den Schmerz zu denken, der dadurch möglicherweise ausgelöst wurde. Und das Glück, das mir widerfahren würde, wäre mit potentieller Zerbrechlichkeit behaftet. Da ich mich bemühte, sie zur Vernunft zu bringen, indem ich ihr Gemeinplätze zuflüsterte, das Leben sei nun mal so, klopfte es an der Tür. Unser Beziehungsdrama war dem Ballett der Praktikanten hinderlich beim Zugang zum Photokopierer, die Welt des Toners war keine runde Sache mehr. Céline richtete sich auf und starrte mich reichlich wütend an, sie war erfüllt von kalter Wut. Sie verließ den Raum, ich war unversehrt davongekommen. Auf der Toilette beträufelte ich meine Stirn mit ein wenig Wasser, als eine Träne über mein Gesicht lief. Erst hatte ich geglaubt, das sei Wasser, aber nein, es war tatsächlich eine Träne, ich weinte über dieses grausame Ende, das unvermeidliche Ende mit Céline Delamare. Und ich mußte mich daran halten, sagte mir diese Träne, ich hörte nämlich ihre Stimme, die mir alles, was mein Gewissen kannte, zuflüsterte.

In den folgenden Tagen erfuhr ich, daß Céline sich hatte krankschreiben lassen. Ich zog es vor, nicht anzurufen, wirklich alle Brücken abzureißen, auch wenn mir klar war, daß wir uns im Büro wieder über den Weg laufen würden. Ich dachte mit Angst an diese Gewissheit, als Ursula, oder war es Joséphine, mir die neue Ausgabe des *Larousse* hereinbrachte. Also wiegte ich mich in dem Glauben, dies sei das Zeichen dafür, daß ein neues Leben anfing.

XIII

Die Schilderung der Begegnung unserer Eltern war unaufrichtig von mir gewesen. Erstaunlich, wie ein positiv denkender Mensch wie ich so diesen finsteren Aspekt hervorkehren konnte. Zeit, die Wahrheit dieses Abends ins richtige Licht zu rücken, und Zeit vor allem, das Ende zu erzählen. Meine Eltern frequentierten keine Swingerclubs, selbstverständlich nicht. Im Gegenteil, mitunter wohnte ihnen die wirklichkeitsferne Hochstimmung jener inne, die die Heldentat vollbringen, sich die Treue zu halten. Als Éléonore die Treppen hinuntereilte, eilte mein Vater ihr hinterher und beruhigte sie. Angesichts des Mißverständnisses brachen sie in Gelächter aus. Sie waren im Grunde nach diesem Intermezzo noch mehr vereint als zuvor und konnten nicht aufhören, darüber zu lachen.

«Ach, ich habe wirklich geglaubt, ihr wärt ... und wolltet uns dazu anstiften ... also ... vor den Kindern ...!»

«Aber das geht doch nicht!»

Haha, hihi, haha! Und dann auch noch oh oh oh! Die Lachsalven schoßen über unsere Köpfe hinweg.

Die wichtigste Folge dieser amüsanten Begegnung war: Meine Mutter besaß nun ein Handy. Sie schickte mir ein paar SMS, und es kam mir vor, als würde ich mit einem depressiven New Yorker Künstler Sushi essen (meine Definition von Surrealismus aus heutiger Sicht). Alices Eltern hatten ihr das Gerät geschenkt, und plötzlich mußte sie anerkennen, daß das moderne Leben seinen Charme haben konnte. Es war alles andere als leicht mit anzusehen, wie meine Eltern diese Entwicklung durchmachten, nachdem sie mir zuvor immer ihre Ideologien hatten eintrichtern wollen. Was sollte aus mir werden, wenn ihnen auch noch einfiele, eine rechte Partei zu wählen? Passend zu dieser Ästhetik der Umkehrung hatten Alices Eltern kürzlich ein paar Tage in einer alternativen Kommune in der Causse du Larzac verbracht. Wer sich bestimmte Sendungen im Fernsehen anschaut, stellt fest, daß sie vollkommen im aktuellen Trend lagen, das Leben anderer zu leben. Tauschen um jeden Preis, als ob das Dasein ein Bazar sei. Ich überlegte, in wessen Rolle ich gern schlüpfen würde, böte sich mir eine Tauschmöglichkeit. Ich dachte an die des Hemdenverkäufers. Oder des Krawattenverkäufers. Oh ja, Krawatten: sich den ganzen Tag auf die Hälse anderer konzentrieren. Dahinkommen, einen Mann an seinem Hals zu erkennen. Krawatten verkaufen mußte etwas Schönes sein, und dabei gar nicht so kompliziert. Nicht wie Hosen. Bei einer Krawatte sieht man gleich, ob sie paßt oder nicht. Man verbringt nicht drei Stunden damit, alles wieder zusammenzulegen und aufzuräumen. Genau, das ist es, ich wäre gern Krawattenverkäufer.

Die kuriose Harmonie zwischen unseren beiden Familien hatte die Gedanken an eine Hochzeit sicherlich vorangetrieben. Wir hatten den Eindruck, daß unsere Eheschließung den Zweck hatte, ihre Freundschaft offiziell zu besiegeln. Unsere Liebe erfüllte fast eine Alibifunktion. Doch das machte mir gar nichts aus. Ich bezeuge hiermit, an den Sonntagen, an denen wir alle beieinandersaßen, Freude empfunden zu haben. Zum ersten Mal nahm mein Leben die normale Wendung, von der ich geträumt hatte. Als Bühne dieser Normalität diente unser Wohnzimmer. Alice und ich waren einfache Zuschauer, die Kulisse für den Wirbel, den die anderen veranstalteten.

Auch Lise kam oft, für gewöhnlich brachte sie eine geballte Ladung Energie mit. Niemand erkundigte sich je nach ihrem Liebesleben. Obwohl sie intelligent und schön war, lernte sie niemanden kennen. Das sagte sie zumindest. Ich glaube, ihre Liebe galt vor allem der Freiheit, sie empfand es als Privileg, leben zu dürfen, und ein Privileg konnte man nicht einfach so hergeben. Als wir ihr verkündet hatten, daß wir heiraten wollten, hatte sie geweint und war erst in die Arme ihrer Schwester, dann in meine gesunken. Wir bildeten eine sechsarmige Partitur. All diese Dinge mögen recht fröhlich erscheinen, das Leben zeigte sich in seinen Pastellfarben, in den Bonbonfarben der Kindheit. Es gibt immer so viel Glück, bevor es ins Rutschen kommt. Vor diesem überwältigenden Glück mußte man Angst bekommen, Angst vor dem Unglück, das es ankündigte.

XIV

Am Tag vor der Hochzeit hatte Céline darauf bestanden, mich zu sehen. Im Glauben, sie habe sich beruhigt, stieg ich gelassen hinauf zu ihrem Büro und freute mich, daß sie nach mir verlangte. Seit Monaten waren wir uns aus dem Weg gegangen, sie hatte nie versucht, Kontakt aufzunehmen. Ich schloß daraus, daß sie meine Entscheidung respektierte. Kurzum, ich war überzeugt, sie wollte mich sehen, um mir Glück zu wünschen. Kaum hatte ich die Tür geöffnet, wurde mir klar, daß dies in keiner Weise der Fall war. Daß ich sehr unreif gewesen war zu glauben, was ich geglaubt hatte. Daß meine Unreife meinen ganzen Körper befallen hatte, während ich die Treppe hochging. Als ich Célines Gesicht sah, begriff ich, daß sie wahre Qualen litt, am Boden zerstört war. Ihr Blick erinnerte an ein Gemälde von Munch, und sogar ihre Konturen verschwammen wie sich vor Schmerz krümmende Relikte vergangener Momente. Den Gedanken, dafür womöglich verantwortlich zu sein, schob ich weit fort; der Countdown der inneren Vernichtung tickt in manchen Menschen unerbittlich.

*

Martin Schmidt (1881 – 1947): Deutscher Militärpilot, der im Ersten Weltkrieg zu einem sehr frühen Zeitpunkt die Fahnenflucht ergriff und so einen gewissen Bekanntheitsgrad erlangte. Lange im eigenen Land der Inbegriff eines Feiglings, wurde er vor kurzem von pazifistischen Gruppen rehabilitiert.

*

Ich wollte weg. Doch ich bewegte mich nicht von der Stelle, ich konnte den Blick nicht abwenden von dieser Frau, die ich so oft angesehen hatte. Unser Schweigen lähmte mich, meine Gliedmaßen vergaßen, wozu sie eigentlich da sind. Wie lange dauerte dieser Augenblick?

«Schön, dich zu sehen», sagte sie endlich.

«Das finde ich auch», log ich.

«Sicher fragst du dich, was ich von dir will.»

«Ja, das heißt nein ... Oder doch.»

«Das ist so typisch für dich. Die Unentschlossenheit in Person.»

«Ich bin entschlossen! Ich hab mich bloß überhaupt nichts gefragt, das ist alles! Du wolltest mich sehen, also bin ich gekommen. Vielleicht hätte ich das lieber nicht tun sollen.»

«Ja, vielleicht. Wer weiß?»

Das Gespräch entwickelte sich zu etwas Sonderbarem. Wir redeten in kurzen, geradezu salbungsvollen Sätzen. Wie hatte ich auch nur eine Sekunde lang denken können, sie würde mir ihre Glückwünsche zu meiner Hochzeit aussprechen? Wie konnte ich nur so dämlich sein? Sie starrte mich immer noch an. Ich wich ihrem Blick aus und heftete den meinen auf unsinnige Details dieses leblosen Dienstzimmers. Er fiel auf ein unbedeutendes Möbelstück, und plötzlich schoß mir durch den Kopf, daß wir uns auf diesem Möbelstück geliebt hatten. Offenbar verfügte Céline nicht nur am Kopierer über besondere Fähigkeiten, denn sie las mit Leichtigkeit meine Gedanken:

«Erinnerst du dich, was wir auf diesem Möbelstück gemacht haben?»

«Ja, ich erinnere mich.»

«Nun, deswegen wollte ich, daß du kommst.»

«Um mit mir über dieses Möbelstück zu reden?»

«Sehr komisch.»

«Warum dann?»

«Ich wollte mit dir über die Liebe reden. Über körperliche Liebe. Du weißt, ich respektiere deine Entscheidung, ich lasse dich seit Monaten in Ruhe.»

«Stimmt.»

«Morgen wirst du heiraten. Morgen wirst du der Mann sein, der du immer sein wolltest. Ein junger Mann in geordneten Verhältnissen. Und mit uns wird es endgültig aus sein.»

«Aber es ist schon aus ...»

«Laß mich ausreden. Du läßt mich nie zu einem Abschluß kommen. Und genau darum bitte ich dich. Ich möchte zu einem Abschluß kommen. Ich brauche einen Abschluß, Fritz. Ich brauche ihn körperlich, das kannst du mir nicht ausschlagen.»

«Was ausschlagen?»

«Tu nicht so, als würdest du nicht verstehen. Ich will eine letzte Nacht mit dir verbringen. Ich will, daß du deine letzte Nacht als Junggeselle mit mir verbringst. Danach bin ich nicht mehr da. Versprochen. Du tust dir leicht in solchen Sachen. Du kannst irgendeine Ausrede erfinden, dir fällt schon was ein.»

«Ich brauche gar nichts zu erfinden. Alice schläft heute Nacht bei ihrer Schwester.»

«Das heißt, du bist einverstanden?»

«Hab ich denn die Wahl?»

«Nein, du hast keine Wahl.»

Die Frage, ob ich die Wahl hatte, habe ich mir später oft gestellt. Und oft habe ich mir eingeredet, daß es keine Alternative gab, daß Céline mich bedrohte, mir ihren Willen auferlegte. Aber entspricht das der Wahrheit? Wollte ich nicht auch eine letzte Nacht mit ihr verbringen und in den Armen meiner Vergangenheit meine Vergangenheit zu Grabe tragen?

Als ich am Abend nach Hause kam und meinen Anzug betrachtete, bedauerte ich, ein so schwarzes Modell gewählt zu haben. Ich begutachtete meine Haut und freute mich, weil ich keinerlei Pickel entdeckte. Mit glatter reiner Haut wollte ich ins Erwachsenenalter eintreten, keine jugendlichen Spuren mehr tragen. Ich rief Alice an, im Hintergrund hörte ich das Glucksen von Lise, sie waren gerade dabei, dieses Kleid anzuprobieren, das ich auf gar keinen Fall zu Gesicht bekommen durfte. Dank dieses Rituals sieht der Mann seine Frau erst am Tag der Hochzeit und wird vom Weiß, in dem sie erstrahlt, überwältigt. Alice sorgte sich, wie ich mir den Abend vertreiben würde, und ich schwindelte mit überraschender Gewandtheit. Ich gab an, allein sein zu wollen, vielleicht ein wenig spazierenzugehen, oder ins Kino, ich machte sogar Witze. Meine Versuche, von mir selbst ein bißchen angewidert zu sein, scheiterten.

Wir hatten uns im Hotel verabredet. Céline erwartete mich, auf dem Bett liegend. Und sie war nicht mehr die Frau, die sie am Nachmittag gewesen war. In wenigen Stunden hatte sie den Glanz wiedergefunden, den ich an ihr geliebt hatte. Als ich mich ihr näherte, dachte ich: ein letztes Mal ist genauso wie ein erstes Mal.

XV

Alle sind versammelt. Mein ganzes (offizielles) Leben ist gekommen. Hier die Kollegen, da mein Freund Paul mit seiner Verlobten; seitdem sie zusammen sind, sehe ich ihn weniger. Aber ich mag diese Frau, besonders ihren Mund. Sie hat einen eigenartigen Mund, der unförmig erscheinen mag. Aber das ist er mitnichten. Sie hat einen Konsonantenmund, der sich vor allem für das R eignet. Wenn sie ein R in den Mund nimmt, leuchtet sie über das ganze Gesicht. Sie machen einen glücklichen Eindruck zusammen, und ich glaube, dieser Tag bringt sie auf eine Idee. Paul ist mein Trauzeuge, er weicht nicht von meiner Seite, folgt mir auf Schritt und Tritt: Ihm darf nichts von dem, was ich erlebe, entgehen. Da flüstert er mir eine Worterklärung ins Ohr.

Glück, das; -[e]s, -e <im Dten gibt es keinen Plural!> Zustand vollkommener Zufriedenheit.

Das also war das Glück, ein Zustand vollkommener Zufriedenheit. Eine runde Sache ganz ohne Beulen. Konnte man auch glücklich sein, ohne sich im Zustand vollkommener Zufriedenheit zu befinden? Existierten im Leben eines Mannes Augenblicke, die sich *vollkommen* allein einem Zustand zuordnen ließen? Am Tag meiner Hochzeit stieß ich an die Grenzen des Enthusiasmus für Begriffsdefinitionen, die jeder Redakteur eines Lexikons anerkennen muß: Es gibt so viele Wörter, die keiner Definition bedürfen[8]. Das Glück war nicht in eine abschließende Begriffsbestimmung zu zwängen, es lag in der Luft. Solchen Gedanken gab ich mich hin, als ich Alice in Erscheinung treten sah, im Weiß dieses ewigen Augenblicks; ich spürte, wie monumental diese Liebe war. Ich war ein Held, auf mich zu schritt mit breitem Lächeln eine Legende.

Es blieb noch ein wenig Zeit vor der Zeremonie. Ich ließ mich umarmen, von alten Tanten begrapschen und konnte es kaum fassen, eine so vielköpfige Familie zu haben. Meine Eltern hatten mir ein paar Cousins und Vorväter verschwiegen. Sie waren von Alices Eltern überredet worden, sämtliche Familienangehörige einzuladen, um eine große Hochzeit auszurichten. So würden alle unseren Treueschwur aus nächster Nähe miterleben: so viele Menschen für zwei Jas.

*

Carlos Bolino (1916 – 1992): Peruanischer Industrieller, geb. in Lima. Das sehr früh auf sich allein gestellte Kind unbekannter Eltern erfand den sich selbst reinigenden Teppich und feierte damit einen durchschlagenden Erfolg. Nachdem C. B. in wenigen Jahren zum reichsten Mann seines Landes aufgestiegen war, kandidierte er bei den Präsidentschaftswahlen. Seine krankhafte Spielleidenschaft durchkreuzte

8 *Später in meinem Leben werde ich übrigens ein Lexikon der Wörter, die keiner Definition bedürfen, herausgeben.*

jedoch seine Pläne. Angeblich verlor er sein gesamtes Vermögen bei einer einzigen Partie Roulette. Er hatte alles auf schwarz gesetzt, doch es gewann rot. Mehreren Aussagen zufolge beschloß er seine Tage als Obdachloser, ohne sich je von einem Teppich zu trennen.

*

Ich vergaß zu erwähnen, daß das Wetter schön war, wir auf einem bezaubernden Platz vor einem Rathaus standen und die Zeit Versuche unternahm stillzustehen. Nun ja, all das schreibe ich nieder, um die letzten Atemzüge des schönen Lebens begreiflich zu machen, die letzten Sekunden einer Welt, von der ich glaubte, daß sie für die Ewigkeit gemacht war, alles war da, alles war perfekt arrangiert, und ja, ich genoß das Glück, ja, einen Zustand vollkommener Zufriedenheit, mein Herz pochte ... und vom vielen Pochen pochte es noch viel mehr ... in diesem Glück wußte ich nicht mehr, welchen Tag wir hatten, ob wir nun den 12. Juni oder den 12. Oktober schrieben, dieser Moment, der bereits aus dem Rahmen des Gewöhnlichen ausgebrochen war, entwand sich der Zeitrechnung, und ich dachte auch, daß mein Sakko mich warm hielt, ein bißchen zu warm ... denn die Sonne brannte auf uns nieder, was mein Sehvermögen beeinträchtigte, ich meine, es schien mir, als spiegelten meine Freunde sich verzerrt wider, Schweißtropfen begannen, meine Eleganz zu trüben, alles um mich herum nahm die entstellte Form eines gescheiterten Traums an, mit bunten Punkten ... wobei die vorherrschende Farbe weiß war ... vor allem das Weiß von Alices Kleid ... ich sah es in der Ferne ... inmitten all der anderen wohlgesinnten Silhouetten ... da stand die Frau meines Lebens und wie ein Meteorit der Vergangenheit schlug die Erinnerung an unsere erste Begegnung ein, der lachende Kreis, die Geste, die mir so gefallen hatte, und nun würde sie meine Frau werden, das waren die schönsten Worte überhaupt ... Wörterbücher dienen dem alleinigen Zweck, die Wörter *meine* und *Frau* gut zu verbergen ... Alice würde meine Frau sein, ganz in Weiß ... und ich erinnere mich, daß man auf mich einredete, ich konnte verschiedene Töne unterscheiden, doch zwischen Erinnerungen und Zukunftsmusik drang nichts mehr zu mir durch ... ich nahm nur noch das geliebte Weiß wahr, meine Farbe, unsere Farbe, die Farbe des Jaworts ... doch allmählich wurde mir klar, daß eine andere Farbe im Begriff war, sich langsam in den Vordergrund zu drängen ... und dies war nicht die Farbe meines Hochzeitstags, vielleicht abgesehen von den Blumen, aber es war keine Blume, die sich in den Vordergrund schob, es war das Rot, das Rot durchbrach das Weiß ... und ich brauchte einen Moment, um zu begreifen ... um zu realisieren, um sicher zu gehen, daß meinen Augen tatsächlich zu trauen war, um sicher zu gehen, daß ich tatsächlich mit ansah, wie Céline Delamare auf Alice einredete, wie Céline Delamare mein Leben zugrunde richtete.

Ich stürzte auf die beiden zu. Doch ich bewegte mich nur schleppend vorwärts, es war wie in einem Alptraum, ich konnte nicht schneller, war völlig entkräftet. Céline war so plötzlich wieder verschwunden wie sie aufgetaucht war. Ich sah Alice, ihr Weiß war zu Tode erstarrt. Sie drehte den Kopf zu mir und sah meinen panischen Blick; diesen Blick, der bestätigte, daß alles wahr war, diesen Blick, der bestätigte: Ja, der Mann, den du zu heiraten gedenkst, hat die letzte Nacht mit einer anderen Frau verbracht, erst vor wenigen Stunden hat er mit ihr einen Orgasmus erlebt, und er seufzte dabei «oh ja», wie bei einer abscheulichen Übung für das Jawort, das er dir geben würde. Alice warf mir einen vernichtenden Blick zu und suchte eilig das Weite. Das Weiß ergriff die Flucht. Die Hochzeitsgesellschaft tuschelte, und dann herrschte beklemmendes Schweigen. Niemand konnte verstehen, was passiert war. Die Braut flüchtete, und der Bräutigam heftete sich an ihre Fersen. In meinem Kopf war zu jenem Zeitpunkt nur Leere. Wie mein Leben von nun an aussehen würde, daran dachte ich noch nicht, nur daran, Alice einzufangen, ihr alles zu erklären, sie zurückzuholen. Sie rannte, so schnell sie konnte. Die Autos bremsten scharf vor ihr, sie hätte leicht überfahren werden können: Gesellt sich das eine Desaster zum anderen, braucht man sich nicht zu wundern. Der Tod konnte nicht so schrecklich sein wie dieser Moment, den wir gerade durchlebten. Ich rannte weiter, mir ging die Luft aus, die schlaflose Nacht steckte mir in den Knochen, ich kam fast um in dieser Hitze. In der Ferne sah ich immer noch die Umrisse der Frau, die niemals die meine werden würde, denn mir wurde klar, daß alles aus war, daß ich dem Schatten einer Fremden nachjagte. Ich rannte weiter und weiter, Alice bog ab, schwenkte in enge Gassen ein, ihre Spur verlor sich in anderen, die Blicke der Passanten folgten ihr, dieser im Hochzeitskleid davonrennenden Frau. Und auch mir folgten die Blicke, dem armen Schwein im von

Schweiß und Scham durchtränkten Anzug. Mein Unglück verlangsamte meine Schritte. Ich sah, daß auch Alice aus dem Tritt kam, und noch konnte ich hoffen: Wir würden wieder zusammenkommen. Uns in die Arme schließen. Bestimmt würde sie auf mich einschlagen, aber ich hätte Gelegenheit, ihr alles zu erklären, mich zu rechtfertigen, und ich würde darauf bestehen, daß diese andere Frau verrückt war. Wie kann man überhaupt einer Frau glauben, die imstande ist, so etwas zu tun? Wie ist so etwas möglich? Ja, ich schöpfte Hoffnung, doch das Weiß setzte sich weiter ab. Wir standen auf einer schmalen Straße, ich erinnere mich an diese Straße, aber ich weiß nicht mehr, ob Alice am Ende der Straße nach rechts oder nach links abbog. Ich sah nichts mehr außer der Sonne, die mir ins Gesicht schien, wie eine Geißel, als sei sie im Begriff, mich qualvoll zu blenden.

DRITTER TEIL

I

Wie soll ich erklären, wie die Zeit vergangen ist, wie soll ich das Leben, das mich zehn Jahre lang mit Füßen getreten hat, beschreiben? Ich wüßte gar nicht, was ich sagen sollte, wo ich anfangen müßte. So oft habe ich das Leben anderer zusammengefaßt, nun sehe ich mich außerstande, das eigene auf den Punkt zu bringen. Eines ist sicher: Ich habe mich sehr verändert. Man würde mich nicht mehr wiedererkennen, und vielleicht habe ich in den langen Monaten des Leidens genau darauf hingearbeitet. In den Blicken, die sich auf mich gerichtet hatten und deren Ende ich herbeisehnte, vermischte sich Mitleid mit Abscheu. Ich war zu einem Paria geworden; zu einem bösen schlechten Menschen, der nichts anderes verdient hatte, als in den Kellergeschossen dieser Welt zu hausen. Zudem hatte ich schwer an folgendem Kreuz zu tragen gehabt: Eine Ursache hatte eine unverhältnismäßige Wirkung erzielt. Manche begehen Verbrechen gegen die Menschlichkeit und verbringen einen gemütlichen Lebensabend in der Pampa. Ich dagegen, der ein so geordnetes Leben geführt hatte, den moralische Skrupel belastet hatten, der es immer allen hatte recht machen wollen, ich hatte erdulden müssen, was kein Mensch würde erdulden wollen. Vor allem hatte ich der Frau, die ich liebte, Leid angetan, unermeßliches Leid, und wenn ich meine eigenen Wunden betrachtete, dachte ich auch immer zugleich an den Schmerz, den ich ihr zugefügt hatte. Am besten sage ich es gleich: In den vergangenen zehn Jahren habe ich nie etwas von Alice gehört. Ich habe mich nie getraut, sie anzurufen, die Scham war zu groß. In diesem Schweigen sind die Jahre vergangen. Am Anfang zögerte ich, vielleicht sollte ich doch anrufen, auch wenn es keine Worte gab, die das Geschehene wieder gutmachen konnten. Alle erdenklichen Buchstabenkombinationen würden an der Liebesvernichtung nichts ändern können. Soweit meine geistige Verfassung in den ersten Tagen, und vielleicht sollte ich damit meine Schilderung der letzten zehn Jahre beginnen. Mit dem Anfang beginnen. Diese zehn Jahre, die mich dahin gebracht haben, wo ich nun sitze und versuche, mein Leben Revue passieren zu lassen. Vor mir in diesem großen Büro steht ein Telefon. Noch weiß ich nicht, daß es in wenigen Sekunden klingeln wird. Und ich weiß noch nicht, daß Alice dran sein wird. In zehn Sekunden wird sie aus einer zehnjährigen Versenkung auftauchen.

II

Unter der sengenden Sonne ging ich zurück zum Platz vor dem Rathaus. Ich weiß nicht, warum ich das tat. Als wäre mir daran gelegen gewesen, das Grauen durch weiteres Grauen abzurunden. Alle starrten mich an, doch niemand wagte es, ein einziges Wort zu sagen. Nie habe ich diese Blicke vergessen können, und wie peinlich berührt alle waren. Wer hätte die richtigen Gesten finden können, die Worte, um mich zu trösten? Ich weiß nicht, wie lange ich da stand, nach einer Weile machte ich mich jedenfalls aus dem Staub. Ein Taxi brachte mich zum nächstgelegenen Bahnhof, wo ich in den erstbesten Zug einstieg. In der Hoffnung, er werde mich weit weg bringen.

Der Mann, der neben mir saß, fragte mich:

«Fahren Sie zu einer Hochzeit?»

Sein Dreitagebart war möglicherweise auch schon sieben Tage alt. Er trug eine kleine runde Brille. Ich war nicht imstande, ihm eine Antwort zu geben.

«Also ich sage das, weil Sie so gekleidet sind, als würden Sie zu einer Hochzeit fahren ... sehen Sie mich dagegen an, ich bin sehr farbenfroh angezogen, aber ich fahre eigentlich zu einer Beerdigung ...»

«...»

«Zur Beerdigung meines Vaters. Er ist vor drei Tagen gestorben. Viel weiß ich nicht über ihn, aber ich bin sicher, er hätte nicht gewollt, daß ich zu seiner Beerdigung in schwarz erscheine. In letzter Zeit haben wir uns nicht sehr oft gesehen. Wenn ich es mir überlege, haben wir uns im Grunde nie sehr oft gesehen. Er war ständig auf Achse. Als ich von seinem Tod erfuhr, war mein erster Gedanke ‹Sieh da, jetzt kann man ihn endlich mal orten›. Die Beerdigung ist in Crozon, am Ende der Welt, im Département Finistère. Nah am Meer, das war sein Wille ... nah am Meer beerdigt werden. Aber womöglich langweile ich Sie?»

«Nein ... es ist nur ... daß ...»

«Daß Sie keine Lust haben zu reden, ich verstehe. So ist es immer, das Leben ist schlecht gemacht. Am einzigen Tag, an dem ich Lust habe zu reden, begegne ich jemandem, der keine Lust hat zu reden. Möglich, daß es bei ihnen gerade umgekehrt ist: Sie reden oft, nur heute haben Sie eben keine Lust ...»

«Stimmt ... aber es tut mir leid um Ihren Vater ...»

«Nett, daß Sie das sagen. Aber wissen Sie, was mir am meisten leid tut? Daß niemand zu seiner Beerdigung kommen wird. Ich bin der einzige Familienangehörige, und ich wüsste nicht, wen ich benachrichtigen soll. Es ist sonderbar, aber das stimmt mich an der Sache am traurigsten, also so richtig traurig. Gar nicht so sehr sein Tod, sondern die Vorstellung von einer Beerdigung ohne Trauergäste. Können Sie sich das vorstellen? Das ist doch schrecklich, oder?»

«Ja, sicherlich. Ich weiß nicht, was ich sagen soll.»

«Darf ich Ihnen eine Frage stellen?»

«Ja.»

«Wohin fahren Sie? Weil vielleicht ... wenn Sie sich morgen in der Gegend aufhalten sollten ... könnten Sie vielleicht ... ach, das ist ja lächerlich ...»

«Ich komme gerne», sagte ich spontan, ohne nachzudenken. Es war das Gesicht dieses Mannes, das mich berührte, und die Aussicht, eine Beschäftigung zu haben, war verlokkend. Wer am Abgrund steht, dem kommt eine Beerdigung wie ein Rettungsanker vor. Er schien entzückt zu sein, gar gerührt. Am Ende würden wir vielleicht Freunde werden? Die Strände des Unglücks erfüllen die besten Voraussetzungen für bedeutsame Begegnungen.

«Wirklich? Was soll ich sagen! Da wird mein Vater sich aber freuen!»

«...?»

«Nun ja, es hätte ihm eine Freude bereitet, das steht fest.»

Der Mann sprach weiter von seinem Vater. Phasenweise hörte ich ihm sogar zu, ich meine, es gelang mir, seine Stimme nicht wie ein fernes Echo zu vernehmen, nicht ausschließlich vom soeben Durchlebten erdrückt zu werden. Einen Moment lang hielt ich inne und blickte der Lage ins Auge. Ich ließ mich am Tag meiner Hochzeit zu einer Beerdigung einladen. Was hatte ich von diesem Symbol zu halten? Konnte ich mich da nicht gleich selbst eingraben lassen? Ich spürte, ich befand mich mitten in der aktiven Phase der Verwesung. Mein Körper war zu großen Teilen aus feuerunempfindlichem Gummi. Er zog sich krampfhaft zusammen, wurde von heftigen Zuckungen gebeutelt. Plötzlich verstopften sich meine Ohren, ich sah, wie der Mund dieses Mannes mir weiterhin das, was er über die Biographie seines Vaters wußte, darlegte, sein Mund, der sich weiter und weiter auf mich zubewegte, und dann war da überall Alice, auch im Gesicht dieses Mannes, ich sah Alice mit einem Dreitagebart, und ich dachte, vor drei Tagen waren wir noch so glücklich, wir standen an der Schwelle zur Zukunft, und nun war die Zukunft tot: Die Gegenwart hatte sie aus dem Weg geräumt. Der Mann redete, und über meine Wangen rannen Tränen.

«Nun gut, wenigstens mußte er, glaube ich, nicht allzuviel leiden ...»

«...»

Als mir klar wurde, daß er geglaubt hatte, ich würde um seinen Vater weinen, fing ich an zu lachen. Der Arme verstand wahrscheinlich die Welt nicht mehr. Doch es gab nichts zu verstehen, höchstens vielleicht, daß das Leben ein Scherz ist. Ich klinkte mich wieder in das Gespräch ein und hörte meinem Sitznachbarn zu. In seiner Flut von Wörtern schnappte ich das Wort «Krawatte» auf, und dieses Wort ließ mich aufhorchen.

«Sagten Sie Krawatte?»

«Ja, ich rede von Krawatten. Mein Vater verkaufte Krawatten.»

«Er war Krawattenverkäufer?»

«Ja, Handlungsreisender. Er zog mit einem Koffer voll Krawatten von Stadt zu Stadt.»

«Er war tatsächlich Krawattenverkäufer?»

Er schaute mich scharf an und schien zum ersten Mal zu zweifeln, ob ich ein akzeptabler Gesprächspartner sei. Aber woher sollte er auch wissen, daß Krawattenverkäufer ein ganz besonderer Beruf für mich war? Daß es vorkam, daß ich von einem Leben als Krawattenverkäufer träumte. Daß mir dieser Beruf vorschwebte wie ein Gegenmittel zu Larousse. Ich hörte also gebannt den Einzelheiten über diesen Mann zu, dessen Leben ganz dem Verkauf von Krawatten gewidmet war.

«Ich heiße übrigens Bernard», sagte der Mann.

«Und ich Fritz.»

Er machte keinerlei Bemerkung und fragte nicht, ob ich Deutscher sei. Auch wenn er viel redete, sagte ich mir, daß es mit ihm keine Probleme geben würde. Und daß ich mit ihm kommen würde. Somit fand ich mich im Département Finistère wieder. Das Ende der Welt war für mich der einzig richtige Bestimmungsort.

III

Bernard ging in das Leichenschauhaus hinein. Ich wartete draußen. Als er wieder herauskam, hatte sein Gesicht vollkommen andere Züge. Erst wollte ich etwas sagen, aber ich glaube, ich brauchte gar nichts zu sagen. Wir stiegen in ein Taxi, das uns zum Haus seines Vaters brachte. Es war so klein, daß man es fast übersehen konnte. Ein geradezu schüchternes Häuschen. Auch nachdem wir die Fensterläden geöffnet hatten, drang nur ein schwacher Lichtschein ins Innere vor. Alles war perfekt aufgeräumt. Als hätte dieser Mann seinen Tod vorausgeahnt und alle Vorkehrungen getroffen. Zum Beispiel war der Abwasch gemacht; ich konnte mir spielend vorstellen, wie er im Wissen, er würde dies nun zum letzten Mal tun, die Teller abspülte. Was für ein komischer Einfall, nicht wahr? Wozu einen Teller abspülen, wenn man doch gleich stirbt? Vielleicht stellt das den Gipfel von Taktgefühl dar: Aufräumen, bevor man stirbt.

Wir setzten uns an dem Tisch nieder, auf dem ein Wachstuch ausgebreitet lag, ein altes Wachstuch, das in regelmäßigen Abständen ganze Generationen von Brotkrümeln hatte kommen und gehen sehen, und nun wurden auf diesem Tisch zwei Gläser plaziert, die unablässig hin- und herpendelten zwischen gefülltem und ungefülltem Zustand (sie führten sozusagen ein Nomadendasein). Die Nacht brach über uns herein, und anstelle des Champagners, den ich an jenem Tag hätte genießen sollen, trank ich mittelmäßigen Rotwein. Als verantwortungsbewußter Mann erhob ich mich nach einer Weile, um mein Handy zu holen. Ich hatte zahlreiche Nachrichten erhalten, und alle fragten sich, wo ich mich befand. Wo ich mich befand, wußte ich nicht genau, aber das spielte überhaupt keine Rolle. Alle erkundigten sich, wie es mir ging. Also schrieb ich ein paar beruhigende Worte. Beruhigen hieß in dem Fall, einfach zu versichern, daß ich nicht Selbstmord begangen hatte. Ich war also noch am Leben, betrank mich allerdings mit einem neuen Freund, dessen Vater irgendwo in der Bretagne gestorben war. Letztlich kam das dem Bild, das man sich vom Tod macht, recht nahe. Und dennoch hatte ich so ein seltsames Gefühl, und das lag nicht unbedingt am Alkohol, ich glaube, ich war im Grunde gar nicht so unglücklich. Plötzlich kam mir der Moment, den ich fernab von allen erlebte, wie eine blanke Entwurzelung vor. Dieser Moment stand mit keinem anderen unmittelbaren Geschehen meines Lebens in Verbindung, er war wie losgelöst, und das hatte etwas ungemein Erleichterndes. Ich verschickte daher Nachrichten, in denen ich angab, es ginge mir gut, ich sei weggefahren, man brauche demnächst nicht mit mir zu rechnen.

Als Bernard mein Gesicht sah, fragte er:

«Du mußt gehen, stimmt's?»

«Nein, ich muß bleiben», erwiderte ich.

Meine Antwort brachte ihn zum Lachen. Ich freute mich, ihn zum Lachen bringen zu können. Er verstand, ohne mein Leben im Einzelnen zu kennen, daß auch ich etwas Schmerzhaftes erfahren hatte. Wer weiß, vielleicht würde sich uns gemeinsam ein Spalt auftun, durch den ein Lächeln und vor allem das Vergessen hindurchschlüpfen konnte.

Ich hörte ihm an jenem Abend gerne zu. Er verkaufte Rasierapparate. Nicht zu fassen. Ihm kam das vollkommen normal vor. Die Symbolik war ihm nie aufgefallen. Sein Vater verkaufte Krawatten, und er rasierte die Hälse. Er verkaufte Klingen für die Körperpartie, die die Domäne des Vaters war. Ich dachte: Hätte er einen Sohn, würde dieser Stricke verkaufen. Ich hatte es mit einer Familie zu tun, die sich seit Generationen um Hälse kümmerte, die Schlinge zog sich immer mehr zu. Die Beziehung zu den Hälsen wurde immer gefährlicher und enger. Als ich ihm diese Theorie auseinandersetzte, hatte ich bereits viel getrunken. Er verstand sie nicht recht, so war mein Eindruck. Dafür vertrat er eine andere Theorie:

«Für meinen Vater war die Krawatte ein Mittel, um nicht abzudriften. Er klammerte sich an Hälse, so wie ein Schiff ankert.»

Ich stellte mir das Bild vor. Womöglich hatte mich das unbewußt zu den Hälsen hingezogen. Dieser Stoffetzen verkörperte für mich Heilung von einer Kindheit, die im Zeichen des Abdriftens gestanden hatte.

Anschließend führte mir Bernard die Krawattenkollektion seines Vaters vor. Er öffnete die zahlreichen Koffer und seufzte: «Wie schade, so viele unverkaufte Exemplare ...» Ich dachte an den armen Mann, der wohl, im Sterben liegend, noch ausgerufen hatte: «Verflixt, wie dämlich, jetzt zu sterben, wo ich doch diese ganzen Bestände absetzen muß!» Wir betrachteten all seine Krawatten, und es wurde uns wirklich traurig ums Herz. All diese herrenlosen Krawatten. Bernard schwelgte in der Erinnerung an die Liebe seines Vaters zu Krawatten.

«Weißt du, das war für ihn nicht irgendein Beruf. Es war eine geradezu zwanghafte Tätigkeit. Er dachte rund um die Uhr an seine Krawatten, er lebte für seine Krawatten, und ich glaube, er starb auch für seine Krawatten ...»

«Das kann ich verstehen ... eine Krawatte ist so ... bindend», bemerkte ich.

Wir konnten uns vor Lachen nicht mehr halten, so viel wie an jenem Abend hatte ich selten getrunken. Funktionen wie Übelkeit oder Leberbeschwerden lagen in meinem immer noch empfindungslosen Körper brach (der Kummer macht immun).

Ziemlich früh wurden wir wach. Die Beerdigung war für den späten Vormittag angesetzt. Das Wetter war schön, eine selbstsichere Sonne ließ keinen Zweifel zu, sie hatte die Wolken in ihrer Gewalt. Wir brauchten eine gute Stunde, um die optimale Krawatte auszuwählen. Schließlich entschied ich mich für eine schnörkellose gelbe, keine Ahnung, wieso. Und Bernard tat das gleiche. Mit unserem Kater und den gelben Krawatten gaben wir zwei sonderbare Gestalten ab. Wenn ich mich recht entsinne, flüsterte ein Totengräber dem andern zu: «Sieh mal, die sehen aus wie zwei Polen», aber ich bin mir nicht ganz sicher, diesen Satz gehört zu haben. Überhaupt bin ich mir nicht ganz sicher, ob ich diesen Moment wirklich erlebt habe. Ich war von einer Dunstglocke umgeben, jeder Schritt kam mir so vor, als würde ich auf dem Mond spazieren (nun ja, was man sich unter einem Mondspaziergang halt so vorstellt). Die Beerdigung ging schnell vorüber. Bernard sprach ein paar Sätze, und ich hörte mehrmals das Wort Krawatte heraus. Wir standen eine Weile andächtig am Grab seines Vaters.

*

Roland Duthil (1942 – 2007): mitten im Zweiten Weltkrieg geboren; nach dem Tod der Mutter wuchs das Kind eines unbekannten Vaters (wahrscheinlich handelte es sich um einen Deutschen) in einem Waisenhaus auf. Es ist nur wenig über ihn überliefert, immerhin weiß man, daß er ziemlich jung Vater wurde. Als seine Frau ihn verließ, gab er seinen Sohn Bernard in ein Heim. Sein Leben brachte er damit zu, Frankreich zu durchstreifen und Krawatten zu verkaufen. Mehr läßt sich fast nicht über ihn sagen. Als er sich eines Tages nicht wohl fühlte, fuhr er nach Hause nach Crozon, wo er starb, nicht ohne vorher den Abwasch gemacht zu haben. Die Hoffnung seines Sohnes ist, daß Engel gerne Krawatten tragen.

*

Seit ich am Vortag in den Zug gestiegen war, hatte ich nicht überlegt, was ich nun zu tun gedachte. Der Gedanke, jemanden zu beerdigen, hatte mir geholfen, bis hierher durchzuhalten, doch plötzlich sah ich mich dem Angesicht der leeren Stunden gegenüber. Nach Paris zurückzukehren, stand außer Frage, und noch weniger, mich bei Larousse blicken zu lassen. Ich wollte nicht den Zeugen meines Unheils begegnen. Mein Leben erschien mir wie das Unsicherste, was man sich nur vorstellen konnte, meine Beine wußten nicht, welchen Gang sie antreten sollten. Die Schicksale auf dem Friedhof um mich herum waren in Ewigkeit begründet, reglos liegende Körper. Um einen Lebenssinn zu finden, war das vielleicht nicht der beste Ort.

Bernard drückte mich in seine Arme. Diesen Aspekt der Männerfreundschaft mochte ich nicht so sehr, doch seine Geste sowie unsere Eintracht der Verzweiflung hatten etwas Ergreifendes. Nach der Zeremonie erklärte er mir, er müsse recht schnell zurück nach Paris. Sein Chef hatte ihm nur zwei Tage freigegeben. Zwei Urlaubstage, ganz schön wenig für einen toten Vater. Ich machte ihm ein Angebot:

«Soll ich hierbleiben? Soll ich versuchen, die Krawatten zu verkaufen, die dein Vater nicht mehr an den Mann bringen konnte?»

«Würdest du das machen? Wirklich?»

«Ja.»

Bernard konnte meinen Vorschlag nicht ganz verstehen. Ich glaube, er meinte, ich wolle ihm einen Gefallen tun. Er konnte nicht begreifen, daß der Verkauf all dieser Krawatten mir das Leben retten würde.

IV

Nachdem ich eine Nacht darüber geschlafen hatte, rief ich meinen Chef an, um ihn über meinen Entschluß in Kenntnis zu setzen. Er gab sich Mühe, nicht allzu überrascht zu wirken, was sich als unmöglich herausstellte:

«Sie wollen kündigen ... um ... Krawatten zu verkaufen?»

«Ja, genau.»

Nach einer Weile sagte er einfach:

«Hören Sie, Fritz, ich weiß, Sie machen gerade eine schwere persönliche Krise durch. Wir möchten Sie gern unterstützen. Ich biete Ihnen an, Sie vorläufig von Ihren Pflichten zu entbinden, wir würden es aber vorziehen, wenn Sie nicht kündigen. Wir überlassen es Ihnen zurückzukommen, wann immer Sie wollen.»

«...»

«Hören Sie, Fritz? Bei uns ist jederzeit für Sie eine Stelle frei.»

Von den paar Tränen im Zug abgesehen, hatte ich noch gar nicht richtig meine Situation beweint. Doch nach diesem Telefonat fiel ich auseinander. Aus meinen Augen quollen die Tränen hervor, die sich zwei Tage lang angestaut hatten. Es war die Freundlichkeit in der Stimme meines Chefs, die mich zum Weinen gebracht hatte. Und wie er dieses «Fritz, bei uns ist jederzeit für Sie eine Stelle frei» ausgesprochen hatte. Wie soll ich sagen? Ich mußte zugeben, daß ich ja niemanden getötet hatte, daß man mir verzeihen und sogar mit mir leiden würde. Später sollte ich erkennen: Ich wurde sogar immer noch geliebt.

Ich sollte auch erfahren, daß Céline ein anderes Los beschieden war. Sie war es, die in den Augen aller die eigentliche Schuld an dem Desaster trug, die das Glück eines hübschen Paars zerstört hatte, der es sicher Lust bereitet hatte, jemandem weh zu tun. Ihre Lage wurde sehr bald unerträglich. Keiner hielt sie davon ab, aus dem Betrieb auszuscheiden, man übte sogar Druck auf sie aus, um sie dazu zu drängen, ein Teil der Belegschaft verweigerte fortan den Umgang mit ihr. Somit verschwand sie von der Bildfläche. Niemand hörte mehr von ihr. Außer mir, doch erst viel später, und unter merkwürdigen Umständen.

Ich gönnte mir ein Glas Kirschlikör, wohl etwas früh am Morgen, aber ich brauchte das, um wieder in Schwung zu kommen. Nachdem ich alle Krawatten durchgesehen hatte, lud ich sie in den Kofferraum von Rolands Wagen. Der Wagen war alt, siechte dahin, und ich dachte, an dem Tag, an dem die letzte Krawatte verkauft sein würde (eine berechtigte Vorahnung, wie sich erweisen sollte), würde er gewiß den Geist aufgeben. Da ich mich schlecht im Hochzeitsanzug auf den Weg machen konnte, schlüpfte ich in die Sachen, die ich im Einbauschrank vorfand. Zu meiner Überraschung stellte ich fest, daß Roland und ich genau die gleiche Größe hatten. Was den Stil betraf, gab es freilich einige Divergenzen: Die Stücke, die er gekauft hatte, hatte er zweifellos vor drei Jahrzehnten gekauft. Ich probierte ein braunes Cordsakko, an dessen Ellbogen schützende runde Lederflicken aufgenäht waren. Vielleicht stieß ich hier auf das Langlebigkeitsgeheimnis von Kleidung: Die Reibungsflächen mußten geschützt werden. Ich entdeckte eine Hose, die einigermaßen zum Sakko paßte. Ich war der neue Roland Duthil.

Unterwegs in der Bretagne, wo ich mich nicht auskannte, dachte ich, während ich nach den Hälsen Ausschau hielt, immerzu an ihn, an das Glück, das ihn erfüllen würde, wenn er wüßte, daß seine Krawatten nicht vereinsamten. Im Krawattenverkäuferjargon kannte ich mich auch nicht aus, ich mußte also improvisieren. Ich hatte aber einen wichtigen Trumpf in der Hand: Ich war mit komplizierten Wörtern vertraut. Und komplizierte Wörter können eine wesentliche Rolle spielen, wenn es darum geht, etwas zu verkaufen. Man sollte nicht zögern und die potentielle Kundschaft getrost mit einem Wortschatz überhäufen, der ihren Horizont übersteigt. Im Geiste ging ich meine Verkaufsstrategien durch, bis ich lernen mußte, daß solche Taktiken in der Bretagne nicht aufgingen. Um ein guter Verkäufer zu werden, brauchte ich lediglich eine tüchtige Leber, um mit einem Lächeln auf den Lippen jeden kleinen Zwetschgenschnaps verdauen zu können, der mir angeboten wurde.

Wie ein Narr klammerte ich mich an diese Krawatten, ich weiß, doch ich hatte keine andere Wahl. Abend für Abend erfaßte ich meinen Bestand, sortierte und registrierte, daß es immer weniger wurden. Manchmal redete ich mit ihnen, aber ich war nicht verrückt. Hie und da hörte ich, wie die Leute mit gedämpfter Stimme sprachen, wenn ich vorüberging, bestimmt gärten irgendwelche Gerüchte, doch immerhin lud man mich gern zum Aperitif ein. Auf eine seltsame Art gehörte ich dazu, schlußendlich braucht man sich um einen Mann, der seiner Arbeit nachgeht, ja keine ernstlichen Sorgen zu machen. Bei jedem Wetter wurde ich gesichtet, mit meinem Wagen klapperte ich jede enge Gasse ab, jeden entlegenen Pfad, immer auf der Suche nach einem freien Hals.

Ausgesprochen schwierig zu sagen, wie lange das so ging. Ich weiß nur noch, eines Morgens fand ich mich in Gesellschaft einer einzigen Krawatte wieder. Es war die letzte, und das bedeutete eine große Erleichterung für mich, zugleich aber auch eine nicht unerhebliche Besorgnis. Ordentlich legte ich sie über den mir gegenüberliegenden Stuhl, gemeinsam nahmen wir das Frühstück ein. Diese letzte Krawatte signalisierte das Ende einer Epoche, der des Wiederaufbaus. Die Krawatte war schwarz mit weißen Punkten. Niemand hatte sie bis dahin kaufen wollen, so daß ich fast Mitleid mit ihr fühlte. Ich wollte sie für mich behalten, doch das wäre keine gute Idee gewesen; ihr Schicksal mußte besiegelt werden, sie mußte verkauft werden. Die Maßnahmen, die ich in Anbetracht dieser letzten Mission in die Wege leiten würde, mußten wohlüberlegt sein. Mir kam ein Haus in den Sinn, das einen ganz besonderen Reiz auf mich ausübte, wo ich allerdings nie gewagt hatte hinzufahren. Warum? Schwierig zu sagen. Es handelte sich um einen Landsitz, der mir ganz aus der Zeit gefallen zu sein schien, und wie soll ich mich ausdrücken: Es kam mir so vor, als ginge dort etwas vor sich. Ich wußte nicht, was, aber ich erinnere mich, den Eindruck gehabt zu haben, die Bewohner dieses Hauses nicht stören zu dürfen.

An diesem Tag lagen die Dinge anders. Mir war nur noch eine einzige Krawatte verblieben, und dieser Umstand war es wert, von den Pfaden des Üblichen abzuweichen. Dieser Landsitz war ideal. Meinen Koffer in der Hand trat ich durch das Portal ein, ich fühlte mich wie in der Schlußszene eines Schauspiels, wie auf einer Abschiedstournee. Ich wandelte bedächtigen Schrittes, meine Beine hatten schließlich ein Gespür für Heldensagen, und klopfte an der Tür. Drinnen regte sich etwas, auch wenn so gut wie keine Geräusche nach draußen drangen. Meine Ohren hatten sich an die neue Stille gewohnt, und dadurch hatte sich mein Gehörsinn geschärft. Ja, es war jemand zu Hause, also klopfte ich abermals mit etwas mehr Nachdruck. Eine Frau mit zusammengebundenem Haar öffnete. Sie war in ihren Zwanzigern, und ich fand ihr Haar etwas zu festgezurrt. Mit großen Augen schaute sie mich an, und da ich nicht in der Lage war, einen Ton herauszubringen, erkundigte sie sich:

«Was führt Sie her?»

«Ich komme ... wegen der Krawatten.»

«Wegen der Krawatten?»

«Ja ... ich verkaufe Krawatten ... vielleicht haben Sie einen Mann, der ... oder auch als Geschenk. Glänzende Idee, verschenken Sie eine Krawatte. Männer mögen es sehr, wenn man ihnen Krawatten schenkt. Mein Onkel zum Beispiel, der hat sich immer gefreut ...»

«Okay, kommen Sie rein», unterbrach sie meinen erbarmungslosen Redeschwall bezüglich des Onkels. Hauptsache, man wurde hereingebeten. Die schwierigste Hürde ist überwunden, wenn man hereingebeten wird. Kurz darauf sollte ich erfahren, daß die junge Frau Iris hieß. Seit über zehn Tagen hatte sie keine Menschenseele zu Gesicht bekommen. Der Anblick eines stammelnden Mannes, der ihr eine Krawatte verkaufen wollte, stellte für sie eine vollends groteske Intervention dar.

Und das Groteske muß man ja immerzu hereinbitten.

Ich machte meinen Koffer auf, und Iris sah sich einer verwaisten Krawatte gegenüber. Sie starrte mich an und begann dann zu lachen. Mir wurde klar, wie lächerlich mein Angebot war. Ich begann gleichfalls zu lachen, und unser gemeinsames Lachen weckte meine Erinnerung an den lachenden Kreis. Mir kamen fast die Tränen, doch ich biß die Zähne zusammen und klammerte mich so an meinem Lachen fest.

«Haben Sie nur diese eine Krawatte?»

«Ich weiß, das ist ein bißchen komisch, aber es ist die letzte. Danach höre ich auf.»

«Wenn ich sie jetzt kaufe, dann hören Sie auf?»

«Ja, genau.»

«Dann sind Sie arbeitslos?»

«Ja, so kann man das sagen.»

«Sie wissen, daß ich sie kaufen werde. Ich kann nicht anders. Ein Krawattenverkäufer mit einer einzigen Krawatte. So etwas kann ich mir unmöglich entgehen lassen.»

«Wissen Sie schon, wem Sie sie schenken werden?»

«Ja. Mir. Ich trage schrecklich gern Krawatten. Das verleiht mir etwas Diane-Keaton-haftes.»

«Ach ja, Diane Keaton als Annie Hall in *Der Stadtneurotiker*.»

«Sie haben den *Stadtneurotiker* gesehen?»

«Man kann Krawattenverkäufer in der Bretagne sein und trotzdem den *Stadtneurotiker* gesehen haben.»

Iris bot mir einen Kaffee an. Ich nahm die Einladung an, Zeit hatte ich ja nun. Zeit, ein ganzes Leben auszufüllen. Iris erzählte mir, daß sie an einem Roman schrieb und daß man ihr diesen Landsitz vorübergehend überlassen hatte, damit sie in Ruhe arbeiten konnte. Es war ihr zweiter Roman. Aber ich hatte noch nie von ihr gehört. Ich vertraute ihr an, daß Larousse mich vorläufig von meinen Pflichten entbunden hatte. Sie wiederholte den Satz, der klang wie ein schamanisches Mantra:

«Larousse hat Sie vorläufig von Ihren Pflichten entbunden ... und jetzt verkaufen Sie in der Bretagne Krawatten ... das heißt ... eine Krawatte ... und ... okay, ich verstehe ... hat Sie Jean-Marc geschickt? Ja, genau! Und ich hab schon Angst vor Ihnen gehabt ... Er hat Sie hergeschickt, weil er wissen will, wie ich vorankomme! Ach, das ist ja köstlich!»

«Wer ist Jean-Marc?»

«Ach, so was bringt wirklich nur er fertig ... nun gut, Sie können ihm ausrichten, daß ich gut vorankomme!»

In manchen Situationen sind die Gedankengänge eines Menschen nicht aufzuhalten. Was ich war und was ich tat, klang anscheinend nicht sehr glaubwürdig. Ein Mittel mußte her, das mich und mein Handeln in rationalem Licht erscheinen ließ; da erwies mir dieser Jean-Marc gerade einen Dienst. Also gut, ich gab zu, ein Gesandter ihres Verlegers zu sein. Sie erklärte, daß allmählich ein Ende ihrer Geschichte abzusehen war. Ich erkundigte mich, worum es in ihrem Roman ging, und sie sagte nur: «Es geht um ein Paar, das sich mehrmals trennt.»

Schnell trank ich meinen Kaffee aus. Sie band sich die Krawatte um den Hals. Mir war die Fähigkeit zu urteilen, ob eine Frau mir gefiel oder nicht, generell abhanden gekommen, doch zum ersten Mal seit Wochen fühlte ich mich nicht mehr wie betäubt. Der Anblick dieser Frau versprach die Aussicht auf ein Morgen. Ich wollte sie nicht mehr länger stören. Möglicherweise, dachte ich, war sie auch ein Zeichen für den Wiedereinzug der Wörter in mein Leben. Ich wünschte ihr viel Glück für ihren Roman, und sie wünschte mir viel Glück bei dem, was ich tun würde. Wer hätte voraussagen können, wohin sich dieses doppelt viele Glück entwickeln würde? Ich fuhr zurück zu Roland. Ich mußte eine Entscheidung treffen.

V

Was mir nicht auf Anhieb gelang. Bernard teilte ich mit, daß die Krawattenvorräte restlos aufgebraucht waren. Er meinte, ich könne in dem Häuschen bleiben, solange ich wolle. Doch was sollte ich hier ohne Krawatten tun? Die Bretagne erschien mir wie ein der Krawatte geweihtes Areal. Nach Paris zurückzukehren, hatte ich allerdings Angst. Mir blieb keine Wahl, es war offenkundig, ich mußte dorthin, aber wie sollte ich vorgehen? Die Vergangenheit wartete auf mich, und die Vergangenheit war die beängstigendste aller Zukünfte.

Letztendlich brauchte ich nicht sehr lange zu überlegen. Vor dem Haus parkte ein Wagen. Ein eigenartiger Wagen; wahrscheinlich handelte es sich um eines der schlimmsten Exemplare in der Geschichte des Autos. Vom Küchenfenster aus beobachtete ich es und fragte mich, wie es nach menschlichem Ermessen möglich war, so etwas zu steuern. Dieser Gedanke wurde jäh unterbrochen, als ich erkannte, wer aus dem Auto stieg: Paul. Er befand sich in Begleitung von Virginie. Und diese beiden klopften nun an meiner Tür. Angesichts dieses gewaltsamen Eindringens stand ich einen Moment lang wie angewurzelt da. Dann öffnete ich die Tür. Paul drückte mich sogleich in seine Arme (habe ich schon erwähnt, daß Paul sehr gefühlsbetont war?) und vergoß ein paar Tränen, die wiederum meine ins Rollen brachten: Tränen haben so viel Ausstrahlung.

«Ich freue mich so, dich wiedergefunden zu haben ... ich freue mich so ...»

«Ich auch», bestärkte Virginie. «Wir kutschieren schon seit einer Woche herum und fragen die Leute nach dir.»

«Warum bist du nicht mehr ans Telefon gegangen?» fragte Paul, mußte dann jedoch einräumen, daß es recht unnütz war, mit derartigen Fragen an mich heranzutreten. Die Dinge hatten eben ihren Lauf genommen und fertig. Nun brauchten wir uns einfach nur zu freuen, daß wir uns wiederhatten. Tief in meinem Herzen hatte ich mir, glaube ich, einen solchen Moment gewünscht, ich hatte davon geträumt, daß ein Freund mich abholen kommt, mir sagt, was ich machen soll und wie ein Vater zu mir ist. Was Paul gerade für mich getan hatte, würde ich nie vergessen können.

Es war Mittagszeit, die beiden waren hungrig. Ich kratzte zusammen, was ich hatte, und bereitete daraus ein Gericht zu. Es war noch ein bißchen Lachs da, den ich in einer Zitronensoße auf kleiner Flamme köcheln ließ. Da kam es mir wieder in den Sinn:

«Ah verflixt, ich bin ein Trottel! Ihr mögt ja keinen Lachs.»

Paul schaute mich überrascht an:

«Hast du diese Geschichte denn tatsächlich geglaubt?»

«Wie?»

«Daß bei einer Party alle umfallen ... weil der Lachs ungenießbar ist ...»

Natürlich hatte ich das geglaubt. Sollte man seinen Freunden etwa nicht glauben? Das war wahrscheinlich der einzige Glaube, der für mich noch Gültigkeit besaß. Insofern hatte sich die Frage mir überhaupt nicht gestellt. Mir war diese Geschichte glaubwürdig vorgekommen ... aber wenn ich jetzt noch einmal darüber nachdenke ...

«Wir haben uns im Internet kennengelernt», erklärte Virginie. «Wir wollten bloß ein wenig origineller erscheinen.»

Über alldem brach ich in ein Gelächter aus. So strickte ein jeder am Mythos seiner eigenen Geschichte. Wie konnte nun der meine aussehen? Woran konnte ich mich jetzt festklammern? Ich hatte doch ein Heldendasein ins Auge gefaßt, was war davon übriggeblieben? Sollte ich auch Episoden meines Lebens erfinden, für die anderen Illusionen schaffen, als wollte ich mich davor schützen, in der grausamen und absurden Wirklichkeit aus der Bahn geworfen zu werden? Sollte ich meine Persönlichkeit auswechseln, meine Träume begraben, mich in einen dieser Helden verwandeln, bei denen Kinder ins Schwärmen geraten? Wenn es die geringste Möglichkeit gäbe, meine Vergangenheit umzugestalten, womit würde ich beginnen? Mit dem illusorischen Aspekt sicherlich.

Ich drehte die Wasser- und Gashähne ab und verschloß die Fensterläden. Mir gingen diese Tätigkeiten sehr mühelos von der Hand, geradezu kaltblütig führte ich sie aus. Ein Lebensabschnitt ging zu Ende. Ich stieg in dieses unwirklich scheinende Auto. Begleitet von einem glücklichen Paar, kehrte ich zurück nach Paris.

VI

Was in der Folge der (nicht ganz zustande gekommenen) Hochzeit passiert war, darüber wußte ich wenig. Ich wußte lediglich, daß Alice sich irgendwohin geflüchtet hatte, vielleicht sogar in die Bretagne. Auf meinen langen Fahrten hatte ich oft daran gedacht, daß unsere Wege sich zufällig kreuzen könnten. Ich hoffte auf meine Rettung. Doch sie kam nicht. Alice hatte wieder die Stellung eingenommen, die sie schon innegehabt hatte, bevor wir uns kennengelernt hatten: eine von drei Milliarden Frauen.

Die materiellen Angelegenheiten hatten unsere Eltern geregelt, die Wohnung aufgelöst und die Möbel fortgeschafft. Meine Eltern hatten einen Lieferwagen gemietet und meine ganzen Sachen in mein altes Kinderzimmer gestellt (jedem seine Symbole). Die Kleider, die ich in meiner Zeit mit Alice getragen hatte, wollte ich nie wieder anziehen. Ich wich allgemein jeder Kleinigkeit aus, die mich an das Drama zu erinnern drohte. Zum Beispiel verbannte ich all die Bücher, die in unserer gemeinsamen Bibliothek gestanden hatten. Doch das größte Problem stellte der innerstädtische

Raum dar. Ausgeschlossen, einen Fuß in eine Straße zu setzen, die ich mit Alice entlanggelaufen war. Ich strengte mich an, um mich an jeden Spaziergang, an jedes Rendezvous zu erinnern, und zeichnete alles auf einer großen Karte ein. So zog ich in Paris ein paar Grenzen und richtete mir allerhand verbotene Zonen ein; so wie die Alliierten in Berlin ihre Grenzen gezogen hatten. Unter der Besatzungsmacht meiner Vergangenheit wurde Paris zur geteilten Stadt.

Eine Weile wohnte ich bei Paul und Virginie[9]. Allabendlich legte ich mich auf das Sofa in ihrem Wohnzimmer, das unweit ihres Schlafzimmers gelegen war, und mitunter durfte ich die Seufzer eines anscheinend in voller Blüte stehenden Sexuallebens mitanhören. Meine Freunde waren entzückend, aber mir war klar, daß es so nicht weitergehen konnte. Kein Paar kann es dauerhaft ertragen, eine Art depressives Lokum zu beherbergen. Doch ich muß sagen, sie setzten mich nie unter Druck, versuchten stets, mir das Leben angenehm zu gestalten, indem sie mir vorschlugen, ins Kino oder Theater zu gehen:

«In der Cinémathèque läuft *Der Himmel über Berlin!*» rief Paul begeistert aus und bauschte seinen Überschwang groß auf.

«…?!»

9 *Ich weiß, in dem Stadium meiner Gefühlslage, in dem ich mich befand, ist es keine leichte Sache, in Gesellschaft eines Duos zu sein, das so viele Erinnerungen wachrufen kann. Aber was will man machen? Die Vornamen seiner Freunde kann man sich nicht aussuchen.*

«Aber deswegen mußt du doch nicht gleich solche Zustände kriegen ...»

«...!?»

«Okay, dann bleiben wir zu Hause ... hast du was zu essen eingekauft, Virginie?»

«Ja, Kaninchen. Ist das in Ordnung, Fritz, magst du Kaninchen?»

«...!?!?»

Es gab Abende, an denen ich nur auf eines Lust hatte: mich schlafen zu legen. Doch da mein Platz im Wohnzimmer war, konnte ich Paul und Virginie schlecht bitten, sich nach acht in ihrem Zimmer einzusperren. Ich mußte dringend selbständiger werden, die Zügel in die Hand nehmen und durch das Dunkel und die Kälte reiten. Ich konnte mich nicht weiterhin so aushalten lassen. Die Krawatten hatten mir gute Dienste geleistet, um die erste Zeit zu überstehen, doch es mußte auch ein Leben nach der Krawatte geben.

Zwei Tage zuvor hatte Paul, wie er mir gestand, mit meinem Chef gesprochen, der noch einmal bestätigt hatte, daß meine Stelle nach wie vor frei war. Mein Chef hatte sogar baldmöglichst einen Termin vereinbaren wollen, doch Paul hatte ihm geantwortet, daß ich mich bei ihm melden würde, sobald ich mich bei Kräften fühlte. Ich ahnte, daß ich mich wohl nie bei Kräften fühlen würde, aber andererseits zu Kräften kommen könnte, wenn ich mich meldete. Das war so ein grobes Schema, in meinem Zustand verhielt sich die Fähigkeit zur Analyse umgekehrt proportional zur Fähigkeit des Nichtstuns. Von den ununterbrochenen Verkaufs- und Nachrichtensendungen fasziniert, vegetierte ich vor dem Fernseher dahin, und in meinem benebelten Geist brachte ich die beiden manchmal durcheinander und stellte mir vor, wie ich mir in Bagdad ein Attentat kaufte.

Der Abend senkte sich, und es schlug die Stunde meiner heißgeliebten Fragequizsendung, bei der man ein Lexikon von Larousse gewinnen konnte. Zwar brach mir bei dessen Anblick kalter Schweiß aus, aber immerhin war meine Aufregung, diesen von mir so geliebten Gegenstand wiederzusehen, jedes Mal groß. Nach einer dieser Sendungen beschloß ich, meinen Chef anzurufen. Er war hocherfreut, von mir zu hören, und mir kam seine Begeisterung äußerst merkwürdig vor. Schließlich war ich doch nur ein Angestellter wie jeder andere. Sein Verhalten mir gegenüber war von Anfang an mehr als loyal gewesen. Später sollte ich erfahren, daß auch er ein paar Jahre zuvor eine Affäre mit Céline gehabt hatte. Insofern hatte er das, was mir widerfahren war, auf innige Weise mitverfolgt. Daß er mir so wohlgesinnt war, rührte also daher. Als wir uns tags darauf gegenübersaßen, leitete er unsere Unterhaltung im übrigen mit folgender Nachricht ein:

«Ich muß zunächst darauf bestehen, Ihnen mitzuteilen, daß Madame Delamare nicht mehr unserem Unternehmen angehört.»

«In Ordnung, vielen Dank für die Auskunft», erwiderte ich reichlich betreten.

Eine gute Stunde redeten wir über dies und jenes, und ich würde diesen Austausch ein echtes zwischenmenschliches Gespräch nennen. Es war ihm sehr daran gelegen, mir die

Dinge zu erleichtern und meinen Wünschen gemäß zu arrangieren. Ich kündigte an, ich sei wieder bereit zu arbeiten, aber nur von zu Hause aus. An den Ort meines Verbrechens zurückzukehren, dazu fühlte ich mich noch nicht in der Lage. Mein Vorschlag schien ihn zu erfreuen, und so bot er mir an, erster externer Korrekturleser bei Larousse zu werden. Als wir das Café verließen, schüttelten wir uns die Hand. Zum ersten Mal seit langem hatte ich den Eindruck, mein Leben könne sich wieder in normale Bahnen lenken lassen.

Am selben Abend verkündete ich Paul und Virginie die Neuigkeit. Und einige Tage später hatte ich eine kleine Wohnung gefunden, ganz in ihrer Nähe. Ich wußte nicht, wie ich ihnen danken sollte, ihre Freundschaftsdienste waren wirklich einzigartig gewesen. Die Liebe der beiden hatte etwas Lauteres, das mich bezauberte, wie sie immer miteinander einverstanden waren, sich gegenseitig achteten, den Hauch der höchsten Entfaltung verströmten. Noch etwas anderes möchte ich zu ihnen anmerken: Ich glaube, daß sie es wirklich gerne getan haben, sich um mich zu kümmern. Es ist komisch, so etwas zu denken, ich weiß, aber das war es, was ich empfand. Unter all die überbordende Erleichterung mischte sich auch eine Spur von Bedauern, als sie mich davongehen sahen. Ich war so etwas wie ihr großes Kind, das endlich auszog, um sich ins Leben zu stürzen. Und der Vergleich mit dem Kind ist denkbar treffend, denn an dem nämlichen Abend, an dem ich ihr Haus verließ, beschlossen sie, eins zu bekommen.

VII

Ich vertiefte mich wieder in die Arbeit. In meiner kleinen Wohnung saß ich, umgeben von Büchern, tagelang am Schreibtisch. Es kam vor, daß ich abends bei Kerzenschein schrieb, ein Dasein abseits der Zeit führte, manchmal suchten mich Gestalten der Schattenwelt heim, manchmal sah ich glorreichen Tagen entgegen. Ich ließ mich auf einige Wiedersehen vor allem mit alten Freunden ein und war halbwegs in der Lage, an einer korrekten Unterhaltung teilzunehmen; besonders geschickt zeigte ich mich darin, das Gespräch mit Fragen anzukurbeln. Jegliches Heraufbeschwören der Erinnerung an Alice unterband ich, über sie durfte nicht gesprochen werden, sie war tabu. Nicht, weil ich glaubte, das Schweigen könne meine Wunden heilen, sondern weil ich einfach der Meinung war, daß ihre Erwähnung zu nichts führen würde.

Bei Larousse frohlockte man in Anbetracht meiner Fertigkeiten und meines Arbeitsrhythmus. Man beglückwünschte mich und übertrug mir immer mehr Arbeit. Wenn ich Zeit hatte, faßte ich wieder kurze biographische Notizen ab. Ein ums andere Mal verhalf ich einem Geschick zu ein paar Zeilen im Reich der posthumen Anerkennung. Und das bereitete mir mächtig Freude, warum auch immer. Vielleicht hatte ich das Gefühl, mein Leben vergeigt zu haben, nicht einmal ein Komma in einem Lexikon wert zu sein. Ich lebte durch die Schicksale anderer hindurch, die mir außergewöhnlich oder atypisch erschienen. Ich reiste hin und her zwischen Lebensläufen, Schauplätzen, Schicksalsprüfungen und fremdem Ruhm.

Die folgenden Monate zogen ziemlich schnell vorüber. Virginie hatte ein Kind zur Welt gebracht, und ich wurde stolzer Pate des Nachwuchses meiner Freunde. Damit ging ich eine gesellschaftliche Verpflichtung ein, und das war ein Grund, sich nicht hängenzulassen. Wenn ich aus dem Haus ging, dann oft, um ein Geschenk für Gaspard zu kaufen. Das Verantwortungsbewußtsein, mit dem ich meine Rolle ausfüllte, war riesig; als sie mir angetragen hatten, Pate zu werden, war ich angesichts des Vertrauens, das sie mir schenkten, tief bewegt gewesen. Einige Monate nach Gaspards Geburt erklärten mir seine Eltern, daß es nicht nötig sei, so viele Geschenke zu machen. Zweifellos hatte ich mich zu sehr engagiert, also hielt ich mich zurück. Paul und Virginie wollten vor allem, daß ich wieder mit jemandem zusammenkomme. Und unter «jemandem» verstanden sie eine Frau.

Virginie dachte, sie habe eine Kollegin, die mir gefallen könnte. Damit es nicht so nach organisierter Verkupplung aussah, schlug sie vor, die Kollegin zusammen mit anderen Freunden zu einem Abendessen einzuladen.

«Wie kommst du darauf, daß sie mir gefallen könnte?» fragte ich sie.

«Das ist nur so ein Gefühl. Und außerdem kenne ich deinen Geschmack.»

«Ach ja?»

«Ja, sie ist liebenswürdig und zartfühlend.»

«Und die Haare?»

«Kein Problem. Glattes Haar.»

«Und ... und ...?»

«Ja, sie spricht deutsch.»

Paul und Virginie amüsierten sich über meine Kriterien, wobei hier nur diejenigen zur Sprache kommen, derer man sich nicht zu schämen braucht. Allein, um ihnen eine Freude zu machen und um meinen guten Willen unter Beweis zu stellen, willigte ich in dieses Essen ein, denn ich fühlte mich nicht ansatzweise in der Lage, auch nur eine kurze Affäre zu beginnen. Zuweilen hatte ich in dieser Zeit Lust auf Sex gehabt und war dann zu Huren gegangen. Doch sogar die Sexualität war ein Land, dem ich abtrünnig geworden war. Als hätte meine innere Zerrüttung meine ganze Manneskraft aufgerieben. Irgendwie war ich zwar vorhanden, aber das, was vorhanden war, ließ sich noch nicht einen Mann nennen. Gedanken an Alices Leid blockierten mich, verstellten mir den Weg zu anderen Frauen. Dieser Zustand würde vorübergehen, soviel war mir klar, ich spürte es daran, wie meine Begierden zunahmen. Als die Rede auf diese Sonia kam, die «mir gefallen könnte», dachte ich mir: «Warum nicht?» Und ich wurde tatsächlich nicht enttäuscht. Sie hatte viel an sich, was ich mochte.

Paul warf mir einen durchdringenden Blick zu. Ich gab ihm zu verstehen, daß alles bestens in der besten aller möglichen Welten war. Sonia glich einem modernen Kunstwerk, so schön, daß jeglicher Gefühlswert verlorengeht. Mir gefiel ihre Eleganz, ihre Art, so zu tun, als kenne sie meine Geschichte nicht. Wir saßen nebeneinander, und um mich zur Geltung zu bringen, schnitten meine Freunde nur Themen an, zu denen ich etwas beitragen konnte. Manche Überleitungen hatten weder Hand noch Fuß. Als Sonia von einem Orson Welles-Film redete, stieß Paul mit nie dagewesener Inbrunst hervor:

«Das ist ja unglaublich! Orson Welles war mit Rita Hayworth verheiratet, und Rita Hayworth war rothaarig ... man nannte sie sogar *Die Rothaarige* ... und jetzt kommt dieser verrückte Zufall: Fritz arbeitet nämlich bei Larousse!»

Auf diesem Niveau bewegten wir uns, zuweilen war alles dermaßen an den Haaren herbeigezogen, daß es Sonia und mir peinlich wurde. Seltsamerweise entsprang daraus der ganze Charme dieses Abends: Gerade dieses Peinliche brachte uns zusammen. Wir lächelten uns unaufhörlich zu, und plötzlich glaubte ich, daß alles möglich sei.

Gemeinsam zogen wir von dannen, und unsere Gastgeber gluckten innerlich, weil die Operation so gut geglückt war. Die Luft war angenehm, wie ein Frühlingserwachen. Ich dachte nicht lange nach und begleitete Sonia nach Hause. Wir standen bei ihr unten an der Tür. Die klassische Situation beim ersten Rendezvous. Wir gefielen uns, das war offensichtlich. Aber was tun? Mit ihr in die Wohnung hinaufgehen? Noch eine Flasche trinken? Unzählige Gedanken stürzten auf mich ein, und ich war höchst unfähig, mich zu entscheiden. Mir war dieser Moment der Unentschlossenheit zuwider, ich war ein bißchen eingerostet, ich hatte keine

Übung mehr, was die Dramaturgie der Liebe betrifft. Das Ganze dauerte so lange, daß es lächerlich gewesen wäre, nicht mit ihr hochzugehen. Nach einer gewissen Zeit wird das Zögern zu einem Synonym von Ja. Somit fanden wir uns in ihrem Wohnzimmer wieder, wo wir eine Musik hörten, die Schubert ähnelte, oder waren es die Beatles? Meine Ohren brachten die Zeitalter durcheinander. Wir hatten viel getrunken, und sie schien sich glücklich von ihrem schüchternen Wesen abzutrennen. Alles war herzlich einfach, wir küßten uns und wußten weder, in welcher Zeit wir lebten, noch wie alt wir waren.

Am anderen Morgen wurden die Dinge kompliziert. Ich weiß nicht warum, aber es verursachte mir ein gehöriges Unbehagen, neben dieser mir so gut wie unbekannten Frau zu liegen, die so großartig gewesen war. Ich konnte es nicht definieren, doch mir war vom ersten Tageslicht an klar, daß ich es nicht zustande bringen würde. Daß ich ihr auch nichts vorgaukeln könnte, mein Herz stand im Regen und vertrocknete dabei. Ich ging, ohne auch nur ein Wort zu hinterlassen. Sonia mußte, sobald sie aufwachte, verstanden haben, daß wir uns nie mehr wiedersehen würden. Ich machte mir die Mühe, ihr einen Brief zu schreiben, der sicherlich übertrieben lang ausfiel, wenn man bedenkt, daß wir letztlich erwachsene Menschen waren, die nichts weiter getan hatten als eine gemeinsame Nacht zu verbringen, daß wir uns nichts versprochen hatten, doch ich hatte das dringende Bedürfnis, meine geistige Verfassung zu erläutern. So viele Wörter, die am Ende auf einen einzigen Satz hinausliefen: Ich kann nicht.

Ihre Antwort kam zwei Tage später und war sehr elegant. Ein paar ausgefeilte Formulierungen, eine Mischung aus Enttäuschung und dem Versuch, mich doch noch zu erweichen, alles in einem überaus freundschaftlichen Ton. Ich war beruhigt. Und wiederum beunruhigt, als ich mir anhören mußte, was Paul mir zu sagen hatte, der mich anrief, nachdem er von meiner Flucht Wind bekommen hatte:

«Wir sind wütend auf dich!» rief er aufgebracht. «Sonia ist ein wirklich anständiges Mädchen.»

«Ich weiß, es ist nur, ich kann nicht.»

«Und was hast du jetzt vor? Auf einer einsamen Insel leben? Das ist dann aber nicht mein Problem! Wir werden dir da keine Gesellschaft leisten, weder Virginie noch ich!»

«Aber ...»

«Kein Aber! Wenn du vom Leben nicht mehr wissen willst, wollen wir auch nichts mehr von dir wissen! Basta!»

Ich konnte kaum glauben, daß er plötzlich so rabiat wurde. Nie zuvor hatte er seine Stimme gegen mich erhoben. Er hatte einen Elektroschock auslösen wollen, und das war ihm gelungen. Vielleicht wirkte er nicht auf der Stelle, aber früher oder später würden seine Worte zweifellos eine Wirkung auf mich haben.

VIII

Die Tatsache, daß ich mit Sonia kein Liebesverhältnis eingehen konnte, hatte in mir den Gedanken genährt, daß ich wieder bereit war, ein Liebesverhältnis mit einer Frau einzugehen (jedem seine Widersprüche). Aus dem Reinfall entstand eine Sehnsucht. Es kommt nicht selten vor, daß man erst an dem scheitert, was einem am Ende gelingen wird, und oft verdankt man das Gelingen dem anfänglichen Scheitern. Demnach sollte sich aus dieser Nacht mit Sonia der weitere Verlauf meines Liebeslebens entwickeln.

Es dauerte, bis ich all das begriff. Doch wenn ich das nächste Mal eine Frau kennenlernen würde, wollte ich vorbereitet sein. Und alles würde von vorne beginnen. Wer sollte diese Frau sein? Wo unter den drei Milliarden mochte sie stecken? Wo war die Frau, die das besaß, was mir gefiel: eine halb schweizerische, halb russische Art, die Augen zu rollen? Wenn ich den ganzen Tag zu Hause saß, würde ich ihr bestimmt nicht begegnen. Außer vielleicht meiner Nachbarin? Doch die besaß zu viele Katzen, um Männer zu lieben. Also wie konnte ich sie kennenlernen? Über Kleinanzeigen? Wie Paul und Virginie. Aber wie viele verkorkste Treffen mußte man über sich ergehen lassen, bis man ein zauberhaftes erleben durfte? Ich hatte keine Lust, mich stundenlang in Cafés zu offenbaren, mein Leben zu rekapitulieren und im Falle eventueller Gemeinsamkeiten aus dem Häuschen zu geraten. Oft dachte ich in dieser Zeit an Sonia, ich hatte sie wiedersehen wollen. Doch es war zu spät. Sie hatte jemand anderen kennengelernt. Dieser Jemand sonnte sich im Glücksfall meiner Zurückweisung. Verdankte die Gunst, die ihm zuteil wurde, meiner Unfähigkeit, glücklich zu sein. Ich beschäftigte mich viel mit Liebesgeschichten, in denen lächerliche Details Jahrzehnte verändern konnten. Irgendwo hatte ich gelesen: «Es gibt großartige Menschen, die man im Leben zum falschen Zeitpunkt trifft. Und es gibt Menschen, die großartig sind, weil man sie im rechten Moment trifft.» Ich sinnierte über diesen rechten Moment und kam zu dem Schluß, daß ich dem rechtesten der rechten Momente endlich näher rückte. Vor allem verspürte ich wieder das Verlangen danach. Auf der Terrasse eines Cafés sitzend, verbrachte ich Zeit damit, Frauen zu betrachten. Da war diese, aber auch jene, diese hatte einen außerordentlich eleganten Gang, eine wahre Rhapsodie der Kugelgelenke, doch da gab es ein Problem: Sie führte einen Hund an der Leine, und ich mochte Frauen mit Hunden nicht so sehr. Ich verlor nicht die Hoffnung und hörte schon von weitem die spitzen Absätze der nächsten Unbekannten. Ich liebte diese Augenblicke, in denen sich meine Phantasien wieder zusammenfügten, jede einzelne weibliche Komponente gebärdete sich mir mit dem Anflug eines Vielleicht.

*

Aby Warburg (1866 – 1923): Kunsthistoriker, der sich eingehend mit der italienischen Renaissance und dem Schlangenritual der nordamerikanischen Hopi-Indianer beschäftigte. Er galt als atypische Persönlichkeit (angeblich redete er mit Schmetterlingen) und tat sich zugleich als großer Bibliothekar hervor, dessen größte Leidenschaft das Anhäufen von Büchern war. Unablässig stellte er Theorien bezüglich ihrer möglichen Anordnung auf. Darunter auch die der «gutnachbarlichen Beziehungen», der zufolge das Buch, das man gerade sucht, nicht unbedingt das ist, das man auch lesen will.

*

Alsdann ereignete sich etwas, das mein Leben grundlegend verändern sollte. Am Anfang stand lediglich am Wochenende ein Geburtstag an, der meines Patenkinds. Aus diesem Anlaß hatte ich Paul angerufen.

«Darf ich dir wenigstens an Gaspards Geburtstag unter die Augen treten?» hatte ich gefragt.

«Aber ja, natürlich. Komm doch am Samstag bei uns vorbei.»

«Du hast mir gefehlt», brachte ich unvermittelt hervor.

«Du hast mir auch gefehlt. Aber ich hoffe, du hast nachgedacht über das, was ich dir gesagt habe.»

«Ja, ich habe nachgedacht. Viel nachgedacht.»

«Nur nachgedacht?»

«Ja, aber ich hab so nachgedacht, daß ich jetzt zur Tat schreiten kann.»

Die Bemerkung brachte Paul zum Lachen, und sein Lachen tat mir ungeheuer gut. Er hatte guten Grund gehabt, so mit mir umzugehen, aber meine Fortschritte waren eben nicht flotter vonstatten gegangen. Die Aussicht, die drei am Samstag wiederzusehen, machte mich ungemein glücklich. Die Suche nach dem Geburtstagsgeschenk bekam mit einem Mal eine ganz besondere Bedeutung.

Ich klapperte die Spielzeugläden ab, zog von einem zum andern, schaute mir an, was es alles gab, und probierte vor den Augen von Verkäuferinnen, die mich ansahen wie ein großes Kind, etliche Baukästen aus. Auch andere Frauen warfen mir Blicke zu, bestimmt waren es Mütter, und ich begriff, daß ein Spielzeugladen der beste Ort war, um Bekanntschaften zu schließen. Es war so leicht, ein Gespräch anzufangen, über das Alter der Kinder, die Erfahrungen, die man sammelte, «ach ja, dieses Spiel hat Sie also enttäuscht?» und «ich glaube, mit den Puzzles ist es wie mit der Kleidung: Man muß das Zeug so kaufen, damit die Kinder reinwachsen können». Nachdem ich einen schönen Tag in diesem Paralleluniversum zugebracht hatte, fand ich endlich mein Glück. Einen einfachen Plüschbär. Alle erdenklichen Spiele zur Förderung der geistigen Entwicklung hatte ich geprüft, hochleistungsfähige Autos, doch nichts hatte mich derartig berührt wie dieser kleine, rundum rote Bär. Ich war der Ansicht, das sei ein persönliches Geschenk, und womöglich würde Gaspard mich gedanklich immer mit diesem Bären in Verbindung bringen?

Als ich bezahlt hatte, bat ich um eine Geschenkverpackung, und man verwies mich an eine junge Dame, die mit dieser Aufgabe betraut war. Ich ging mit dem Bären unterm Arm langsam auf sie zu. Zu meiner Überraschung empfing sie mich mit einem breiten Lächeln (oder lächelte sie etwa den Bären an?). Indem ich ihr den Plüsch reichte, sprach ich aus, was offensichtlicher nicht hätte sein können:

«Können Sie es mir bitte als Geschenk einpacken?»

«Ja, sehr gern.»

Die junge Dame griff nach dem Geschenkpapier, und mein Blick fiel auf ihre Hände. Sie hatte wirklich fabelhafte Finger. Sogleich träumte ich davon, diese zu berühren. Meine Träume waren etwas verschwommen, doch ich wußte, daß sie mir auf eine bestimmte Art und Weise gefiel. Sie machte sich hingebungsvoll an dem Päckchen zu schaffen und entfachte dadurch weitere Gefühle in mir. Sie war fast fertig, und ich mußte mir etwas einfallen lassen, was ich noch sagen könnte, etwas Bestechendes, bloß nichts, worauf sie mit ja oder nein antworten konnte. Ich stammelte:

«Das ist für mein Patenkind ... es hat am Samstag Geburtstag.»

«Ach ja, am Samstag?», sagte sie. «Wie ich.»

Unglaublich. Das war ja ein richtiger Anknüpfungspunkt. Und wie sie bei diesem «wie ich» den Kopf gehoben und mir tief in die Augen gesehen hatte.

«Na sowas ... das ist ja lustig ... Sie haben am Samstag Geburtstag?»

«Ja, am Samstag ist mein Geburtstag.»

«Kommenden Samstag?» fragte ich noch, um ganz sicher zu gehen.

«Ja, kommenden Samstag. Um fünfzehn Uhr dreißig, um genau zu sein.»

«Am Samstag um fünfzehn Uhr dreißig. Wunderbar ...»

Ich stotterte noch ein paar Worte des Dankes daher, dann ging ich davon. Sie hatte wohl mitbekommen, wie verwirrt ich war. Mit meiner offenkundigen Ungeschicklichkeit hatte ich sie wohl aber auch beeindruckt. Eines stand fest: Am Samstag um fünfzehn Uhr dreißig würde ich wiederkommen und ihr zum Geburtstag gratulieren. Eine seltsame Verkettung der Umstände wollte also, daß ich loslief und ein Geschenk fand für die Frau, die die Geschenke einpackte.

Um ihr keine Angst einzujagen, durfte das Geschenk nicht zu groß ausfallen. Als ideal sah ich ein Buch an, ein Buch war ein schlichtes und geeignetes Geschenk, mit dem man Vertrauen gewann, persönlich, aber nicht zu aufdringlich. Ich betrat eine Buchhandlung, wo ich wankelmütig zwischen den Regalen einherschlenderte. Und was hatte ich da plötzlich vor meiner Nase? Ein Photo. Und ich kannte tatsächlich das darauf abgebildete Gesicht. Ich brauchte nicht allzu lange, um mich zu erinnern. Es war die Frau, die die letzte Krawatte gekauft hatte. Ihr zweiter Roman war bei den Éditions Stock erschienen, einem Verlag, der gern Autorenphotos auf die Umschläge setzt. Eine ganze Weile blickte ich erstarrt das Buch an, ich war wie gebannt. Da stand ihr Name: Iris Meurisse. Das klang nach einem Pseudonym. Ein ums andere Mal sagte ich mir ihren Namen vor. Der Roman hieß *Unsere schönste Trennung*, und mir fiel ein, daß sie mir ja gesagt hatte, es ginge um ein Paar, das sich öfter mal trennt. Schließlich nahm ich das Buch zur Hand, noch ohne mir darüber im Klaren zu sein, daß es mir wenige Sekunden später herunterfallen sollte. Es sollte mir aus den Händen gleiten, denn auf der ersten Seite las ich Folgendes:

Dem Manne gewidmet, der nur eine einzige Krawatte verkaufte.

Welch ein Schock. Ich kaufte das Buch und ging damit nach Hause. Ich las es im Wohnzimmer, im Schlafzimmer, auf der Toilette; ich las im Sitzen, im Stehen und im Liegen. Ich las ohne Unterlaß, und dennoch war es mir völlig unmöglich zu sagen, ob ich es mochte oder nicht. Mein Interesse war vielleicht mit einer egoistischen Aufregung verbunden? Ein Buch, das einem selbst gewidmet ist, liest man nicht wie jedes beliebige Buch. Unwillkürlich hielt ich nach Zeichen, Codes, Anspielungen Ausschau, und hatte es letztlich doch nur mit einer traurigen Geschichte zu tun. Von trauriger Banalität. Na ja, ganz so konnte man das nicht sagen. Am Schluß geschah etwas richtig Unerwartetes. Ich klappte das Buch zu und schrieb einen Brief an den Verlag, zu Händen der Autorin.

IX

Die Ereignisse überschlugen sich förmlich. Kaum hatte Iris meinen Brief erhalten, rief sie mich an, um ein Treffen zu vereinbaren. Ich hatte meine Telefonnummer angegeben, als Zeichen dafür, daß ich sie dringend wiedersehen wollte. Seitdem ich nämlich das Photo gesehen hatte, malte ich mir unsere Begegnung genau aus, und zwar ohne die Zerrbilder, die zu jener Zeit meine Wirklichkeit entstellten. Diese Frau war in meinen Gedanken mit etwas verknüpft, das sie zwangsläufig übersteigen mußte, mit den letzten Augenblicken eines Genesungsprozesses. Die Krawatten waren meine Rettung gewesen, und Iris war so etwas wie die letzte Schwester, die am Ende eines langen Krankenhausaufenthalts meine Wege gekreuzt hatte.

Wir verabredeten uns in der Nähe des Funkhauses, wo sie wegen der Aufzeichnung einer Radiosendung zugange war. Weil ich nicht ein bißchen spät dran sein wollte, war ich viel zu früh dran. Ich staunte nicht schlecht, als ich sie bereits im Café sitzen sah. Sie war ganz weiß im Gesicht, als habe sie Schmerzen. Ein erstaunlicher Anblick, dieses plötzliche Eindringen von Weiß. War dies das Zeichen einer Rückkehr des Weiß in den Vordergrund meines Lebens? Und noch ein Detail, das mich besonders verwirrte: Sie trug die Krawatte. Ich war ernstlich gerührt. Im Gefühl, einen großen Schritt für die Menschheit zu tun, ging ich auf sie zu.

Aufgrund rasender Zahnschmerzen konnte Iris in der Tat kaum sprechen. Sie hatte die Sendung abgesagt, jedoch nicht unser Rendezvous. Daraus folgerte ich, daß ich wichtiger war als unzählige gespitzte Ohren. Da sie Schwierigkeiten hatte, sich zu artikulieren, schlug ich vor, Zettelchen zu schreiben. Das würde die Sache einfacher gestalten. Zuerst kamen wir natürlich noch einmal auf unsere erste Begegnung zurück. Ich bestätigte, daß mich wirklich nicht ihr Verleger geschickt hatte, daß ich ein Angestellter von Larousse war, der in der Bretagne Krawatten verkauft hatte. Sie erklärte mir, mein überraschendes Auftauchen habe ihr den Schwung gegeben, den Roman zu Ende zu bringen, ich sei eine Art Muse für sie gewesen, meine Erscheinung habe etwas Poetisches an sich gehabt, wodurch sie erst in die Tiefen der Romanwelt vorgedrungen sei. «Wenn das Leben den Roman weit überragt, wozu braucht man dann noch den Roman?» sagte sie in einem Tonfall, der in meinen Ohren etwas pathetisch klang. Doch ich war wirklich überrascht zu hören, wie sehr sich mein Auftritt auf ihre Arbeit ausgewirkt hatte. Als ich ihr Buch noch einmal las, bemerkte ich tatsächlich mit einem eigentümlichen Schuß Genugtuung, daß der zweite Teil viel kühner klang. Zum Beispiel diese Szene, in der die Figuren eine Beerdigung stören.

Zwei Stunden schoben wir kleine Zettelchen hin und her, und Jahre später betrachteten wir sie immer noch mit großen Gefühlen: wie Hieroglyphen unserer Liebe. Denn wir sollten uns ineinander verlieben. Im Augenblick mußten wir einem Notfall begegnen: Ihr Zahnschmerz wurde immer schlimmer. Ich schlug vor, auf der Stelle den nächstgelegenen Zahnarzt aufzusuchen. Sie hielt das bei einem ersten Rendezvous für nicht besonders stilvoll. Ich hingegen konnte mir schwer etwas Romantischeres vorstellen. Im Wartezimmer bemühte ich mich, sie aufzuheitern, indem ich ihr Geschichten erzählte. Endlich wurden wir aufgerufen. Ich blieb in ihrer Nähe, hielt ihre Hand und flüsterte ihr ermutigende Worte zu. Sie hatte eine starke Entzündung. Da geschah etwas Seltsames: Von oben genoß ich den Ausblick auf ihr Gebiß, als ich beim dritten oberen Zahn von links einen Sprung ausmachte. Die gleiche Gemeinsamkeit hatte zwischen Alice und mir bestanden. Und wenn sich meine Theorie, daß man die große Liebe an den Zähnen erkennt, als richtig erwies? Ich beobachtete sie ergriffen, ihr Schmerz ließ nach. Wir verließen die Praxis und gingen auseinander, es war ein Moment irgendwo jenseits der Zärtlichkeit.

X

Zwei Tage später rief ich sie an, um mich nach ihrem Befinden zu erkundigen. Es ging ihr deutlich besser. Nach kurzem Wortwechsel entstand eine nicht enden wollende Gesprächspause. Man spricht immer von der Angst vor dem ersten Rendezvous. Doch gelingt das erste, fürchtet man das zweite um so mehr. Die Angst vor dem Wiedersehen, die Angst, den anderen zu enttäuschen. Schließlich überwand ich mich:

«Ich würde Sie sehr gern wiedersehen ... in Wirklichkeit, um ehrlich zu sein ... ich muß morgen zum Augenarzt und wollte Ihnen vorschlagen mitzukommen ...»

So begann unsere Liebe. Unsere ersten Treffen waren allesamt Arztbesuche oder Behördengänge. Sie begleitete mich, als ich meinen Führerschein verlängern lassen mußte. Gemeinsam beantragten wir ein Arbeitsstipendium für sie, wechselten zwei Mal den Telefonanbieter usw. Wochenlang ernährten wir uns nur von Wasser und Formularen. Paul machte sich Sorgen:

«Geht da jetzt was vorwärts mit Iris?»

«Ja, ich glaube, spätestens in zwei Tagen kriegen wir ihre Geburtsurkunde.»

Wie soll ich begreiflich machen, daß ein Termin bei einer x-beliebigen Präfektur den Zauber Venedigs in den Schatten stellen konnte? Von vornherein führten wir diese Beziehung in einer Art, wie sie die Welt noch nicht kannte. Mit einer Frau etwas nie Dagewesenes zu erleben, war für mich sicher der einzige Weg, über Alice hinwegzukommen. Natürlich konnte das nicht ewig so weitergehen: Irgendwann kam der Tag, an dem nicht mehr das Geringste zu erledigen war. Es wurde also Zeit, wie die anderen zu werden, sich auf Parkbänken zu küssen und sich schlechte Filme im Kino anzusehen. Ich empfand die ersten Augenblicke der Liebesnormalität wie den blanken Irrsinn.

Die Wucht unserer Anfänge hatte mich überrascht, wirklich überrascht. Und wahrscheinlich ist es diese Überraschung, die dafür sorgte, daß das, was kommen sollte, weniger überraschend war. Wir mußten bezahlen für diesen Startschuß mit Pauken und Trompeten, der die Konturen des Raums erschüttert hatte. Es gab diesen ersten Sommer, wo wir in die Bretagne gefahren sind, in das Haus der letzten Krawatte. Das Glück triefte aus allen Poren. Iris war eine Blase, die aus meinem Leid hervorgegangen war und immer mehr anschwoll, eine Seifenblase, der ich zusehen konnte, wie sie sich am Himmel ausdehnte, ohne fürchten zu müssen, daß sie gleich platzte. Wir brachten viel Zeit mit Arbeiten zu. Iris versuchte, einen weiteren Roman zu schreiben. Ich stellte mich andächtig auf ihre ausgedehnten Schaffensperioden ein, in denen absolute Stille zu herrschen hatte. Nie hatte ich mir vorgestellt, mit einer Schriftstellerin zusammenzuleben, und manchmal betrachtete ich sie wie eine seltene Spezies. Schriftsteller, so kam es mir vor, sind so etwas wie extravagante Eremiten, die sich gern in Widersprüche hineinsteigern: Iris wollte zum Beispiel nach Hause, wenn wir ausgegangen waren, und ausgehen, wenn wir zu Hause waren. Sie war vollkommen launisch, was ich liebte und zugleich haßte: Mein Verhältnis zu ihrer Launenhaftigkeit war furchtbar launisch.

Mit ihrem Bedürfnis nach Ruhe war sie nicht allein. Ich wollte die Decke der Konzentration auch auf meine Seite ziehen. Wenn ich das sage, deute ich etwas plump den leichten Minderwertigkeitskomplex an, unter dem der Gefährte der

Schriftstellerin mitunter leiden kann. Als säße der Romancier in einem Kristallturm und richte von dort über die niederen Werke der Nicht-Romanciers. Für diese Sichtweise gab es selbstverständlich keinen konkreten Grund. Ganz im Gegenteil, Iris interessierte sich für meine Arbeit, die kurzen Darstellungen für den *Larousse*, die hingekritzelten Notizen über das Leben Schopenhauers. Manchmal fragte ich mich, was mich überhaupt zu diesem Mann hinzog, der so düstere Dinge geschrieben hatte, wo ich doch auf Wellen des Glücks ritt. Bestimmt mußte man glücklich sein, um ihn zu verstehen.

Zurück in Paris hatten wir eine größere Auseinandersetzung, die ich jedoch nur in zwei Sätzen wiedergeben möchte. Iris sprach von ihrem Roman, darüber, daß sie nicht vorankam (was öfter vorkam). Täglich klagte sie, sie würde es nie schaffen. Man mußte dann einfach beruhigend auf sie einwirken, was ich mehr oder weniger geschickt tat. Allerdings hörte sie mir gar nicht zu. Mir war dieses Phänomen schon früher aufgefallen: Dachte sie an ein weißes Blatt, stieß man bei ihr auf taube Ohren. Nun ja, jedenfalls hatten wir uns Folgendes zu sagen:

«Fritz, ich kann nicht schreiben. Ich bring nichts aus mir heraus.»

«Dann zeugen wir eben ein Kind.»

Es mag albern klingen, denn es war eigentlich nur ein Spiel mit Worten, doch sobald es ausgesprochen war, leuchtete uns ein, daß wir ein Kind haben wollten. So wurde aus dieser Schreibblockade heraus ein Jahr später Roman geboren. Ja, es war ein Junge, und wir gaben ihm den Namen Roman. «Wie Roman Polanski?» wurden wir oft gefragt. «Nein, wie ein Roman», lautete unsere schlichte Antwort.

XI

Mir gefiel es, Vater zu sein. Zum ersten Mal hatte ich das anschauliche Gefühl, die Wurzeln zu schlagen, nach denen ich mich so gesehnt hatte. Die Erfahrung, von einem ontologischen Leid geheilt zu sein, war körperlich. Am meisten erstaunte mich, wie sich meine Eltern Roman gegenüber verhielten. Sie waren verrückt nach ihm, als ob sie dadurch, daß sie an der Liebe zu mir gespart hatten, unendliche Rührungsreserven angelegt hätten. Nie hatten sie sich so oft blicken lassen. Wollten sie in meine Rolle schlüpfen? Es bestand Anlaß, verwirrt zu sein. In der ersten Zeit wußte ich nicht recht, ob ich mich über die Vereinnahmung freuen oder ob ich das befremdende Schauspiel, das sie mir boten, mit Verachtung strafen sollte: Die Liebe, die mir nie zuteil geworden war. Sie wurden wohl einfach alt, was sie mit ein paar uneigennützigen Tugenden segnete. Sie würden sterben, ich wußte nicht wann, sicherlich in ferner Zukunft, aber hinter ihrem Verhalten steckte in meinen Augen tatsächlich dies: das Bewußtsein des Todes. Recht bald hörte ich auf, darüber nachzudenken, ich setzte einfach Grenzen. Ich hörte nicht zu, wenn sie mir Ratschläge erteilten (sie trauten sich nämlich, mir Ratschläge zu erteilen), und meine Mutter störte sich nicht daran. Sie wußte genau, wenn sie sich zu weit aus dem Fenster lehnte, würden die Vorwürfe auf sie einprasseln, die ich immer für mich behalten hatte. Ich scheute Konflikte, ein Aspekt meiner Persönlichkeit, zu dem sie sich beglückwünschen konnten. Meine Mutter beugte sich über die Wiege, in der mein Sohn lag: «Ach, ist der süß! Und das ist ja lustig, der rülpst genauso wie du früher, Fritz!» Sie hatte also Erinnerungen an meine Kindheit.

Dank unserer flexiblen Arbeitszeiten war es Iris und mir möglich, viel Zeit mit unserem Kind zu verbringen. Und um die Wahrheit zu sagen: Unsere Verbindung konzentrierte sich ausschließlich auf Roman. Er war unser Leben. Die Frucht der Liebe, heißt es oft; dabei vergißt man, daß die Frucht zum Dessert gegessen wird und man hinterher selten noch Hunger hat. Mit Iris und mir ging es bergab. Freilich nicht im hysterischen Stil. Eher ruhig, geradezu schmerzlos, eine schleichende Aufeinanderfolge lokaler Anästhesien. Mittlerweile habe ich Abstand gewonnen, und mit dem Abstand muß ich sagen, es war unsinnig zu denken, daß das Kind an unserem Auseinanderbröckeln schuld war. Wenn ich zurückdenke, was für eine innere Einstellung ich damals zu all dem hatte, wie ich unser Leben gestalten und wovor ich uns bewahren wollte, dann liegt für mich auf der Hand, daß hauptsächlich Iris am Verfall unserer Liebe schuld war. Ja, ich war derjenige, der mit ihr zusammensein und die Voraussetzungen für ein solides Familienleben schaffen wollte. «Die Familie soll eine Einheit sein», genau das sagte ich mir die ganze Zeit vor.

Ich litt. Ich klammerte mich auf meiner Suche nach dem einzig Wahren an etwas fest, das unter meinen Küssen dahinschwand, mir unter meinen Zärtlichkeiten entglitt. Unseren Lieben haftet so viel Kindliches an: so viel eigene Kindheit. Manchmal funktionierten die Mechanismen meines Herzens so einfach, es war fast demütigend, wie die Neurose hindurchschien. In dieser Hinsicht glich mein Leben einer Einrichtung, mit deren Hilfe ich mir den Psychiater sparte. Denn ich wollte doch endlich erleben, was ich zuvor nicht erlebt hatte. Aber wie sollte das mit Iris gehen? Ja, sie war da, sie lächelte, sie lebte, sie aß und schlief, hörte mir und Roman zu, doch es gab immer einen Teil von ihr, der nicht bei uns war, der losgelöst hoch oben in der Sphäre des künstlerischen Schaffens schwebte. Bisweilen zehrten ihre Launen an unseren Kräften, und dann haßte ich sie, weil sie alles kaputtmachte. Öfters dachte ich mir: Schriftsteller zu sein ist nur ein Alibi, um allen auf den Sack gehen zu können. Ich richtete mich nach ihren Wünschen, aber langsam nahm ich Abstand, immer mehr Abstand, und wenn ich jetzt an Iris denke, dann tue ich es mit der Zärtlichkeit, die man für Vergangenes empfindet, sowie mit der Traurigkeit, die die Vergegenwärtigung eines Prozesses des Scheiterns mit sich bringt. Gegen Ende kam sie wieder zu mir zurück und sagte: «Fritz, ich brauch dich so, dich und deine Ausgeglichenheit.» Ich sah sie an wie eine Fremde, denn eine solche war sie tatsächlich geworden; meine Erinnerung an ihren Körper war verblaßt. Er erschien mir verschwommen, ein Relikt, ein Photo, das nichts geworden war. Während unseres ersten Sommers in der Bretagne hatte mir Iris zugeflüstert: «Laß uns noch mal miteinander schlafen, noch mal, so als ob wir gar nicht existierten.» Ich verstand nicht, was sie damit sagen wollte, aber immerhin sah es so aus, als würde ich alles richtig machen, denn sie seufzte vor Lust. Ich verstand mich so gut darauf, nicht zu existieren. Als ich im Zuge unserer Liebespiele ihren Namen flüsterte, wies sie mich heftig zurecht:

«Sag nie meinen Namen, wenn wir miteinander schlafen.»

«Wer sind Sie überhaupt, Mademoiselle?» hatte ich geantwortet, es war die Zeit, in der ich es mit Humor nahm.

Ich stemmte mich gegen den Niedergang der Beziehung. Aufgeben kam nicht in Frage. Mehr als alles auf der Welt fürchtete ich ein Scheitern. Immer wieder mühte ich mich in der um sich greifenden Düsternis, unsere Gemüter zu erhellen. Ich würzte die Nudelsoße mit Paprika, kaufte jeden Tag Rosen und lachte derb, wahrscheinlich trug ich recht dick auf. Es ist eine gewaltige Portion Liebe vonnöten, um sich in das Kostüm eines modernen Superhelden zu zwängen, der versucht, den Herzschlag vor dem Alltag zu retten. Aber der Alltag ist ja nicht allein eine Institution zum Totschlagen der Zeit. Warum gelang es mir nicht mehr, Iris zum Lachen zu bringen? Warum betrachtete sie mich manchmal mit einer Spur Verachtung, mich, den unbedeutenden Larousse-Angestellten. Warum sollte ich mich für ein Leben opfern, das in ihren Augen vergeudet war? So viele Warum, um das Augenscheinliche zu offenbaren: Wir hatten uns auseinandergelebt. Jeder hatte sein Zimmer; ich verbrachte viel Zeit an meinem Schreibtisch, der mein Refugium geworden war. Nun denn, und dort suchte mich die Vergangenheit auf.

Das Telefon klingelt, ich hebe ab. Ich höre Alices Stimme, und jetzt kann ich es zugeben: Ich war gar nicht besonders verwundert. Ich habe immer gewußt, daß wir uns eines Tages wieder sprechen würden. Unfähig, ein Wort hervorzubringen, hing ich an ihrer Stimme, und sie mußte noch einmal nachfragen: «Bist du's, Fritz? Bist du's?» Und ich antwortete: «Ja, ich bin's.» Das war wirklich unser erster Dialog, nach zehn Jahren.

Wir waren's.

«Ich muß dich sehen ...» sagte sie.

«Geht's dir gut? Deine Stimme klingt ganz schwach.»

«Nein, mir geht's nicht gut. Gar nicht gut. Ich will dich sehen. Nur dich.»

«Okay, Alice. Ich bin da. Wann wollen wir uns sehen?»

«Jetzt. Wenn das geht, will ich dich jetzt sehen.»

Ich dachte über den Begriff jetzt nach.

Und ich verstand, sie meinte sofort.

VIERTER TEIL

I

Wir hatten uns in einem Café verabredet, das auf halbem Weg zwischen unseren beiden Wohnungen gelegen war. Weil die Métro bestreikt wurde, war es schwierig dahin zu gelangen. Die Leute stürmten die Taxis, also ging ich zu Fuß, und ich ging immer schneller, schließlich rannte ich, und ich weiß, es bedient wohl einige Klischees, aber es begann zu regnen. Mir fiel ein, wie ich unter der sengenden Sonne an dem Tag, an dem Alice und ich hätten heiraten sollen, hinter ihr hergerannt war, und nun, zehn Jahre später, rannte ich ihr im Regen entgegen. Ich dachte die ganze Zeit an ihre Stimme, wie traurig sie geklungen hatte, bestimmt hatte sie die Verzweiflung dazu getrieben, mich anzurufen.

Ich ging in das Café hinein. Mein Blick suchte den Raum ab, Alice war noch nicht da. Es war fast niemand da, sicher wegen der Probleme mit dem öffentlichen Verkehr, die Leute blieben lieber zu Hause. Eine Aura der Leere herrschte in dem Moment. Am Tag, als ich Alice wiedersah, war alles zum Erliegen gekommen. Sie erschien, und wir bemerkten uns augenblicklich. Ich dachte: In einer Menschenmenge wäre es genauso gewesen. Sie setzte sich mir gegenüber, entschuldigte sich dann, mir kein Küßchen gegeben zu haben, und stand noch einmal auf. Eine Pantomime der Verlegenheit. Nach dieser Begrüßung, bei der sich unsere Wangen nur ein wenig streiften, saßen wir eine Weile da und starrten uns einfach an, ohne etwas zu sagen, und langsam setzte sich mein

Bild von ihr wieder vollständig zusammen. Es war so merkwürdig. Alice war gealtert, tatsächlich gealtert, vor mir saß eine andere Frau, eine ganz andere Frau, und doch hatte ich sie gleich wiedererkannt, all ihre Eigenheiten und Gesten hatten keine Falten bekommen. Mich beschlich das Gefühl, da saß eine Unbekannte, die ich ganz genau kannte, eine seltsame Mischung. Ich brachte keinen Ton heraus. Außer:

«Möchtest du etwas trinken?»

«Ja. Alkohol. Einen Whisky.»

«Gut. Ich nehme dasselbe.»

Ich stand auf, um nach der Bedienung Ausschau zu halten, mir war plötzlich entfallen, daß es die Aufgabe der Bedienung war, nach uns Ausschau zu halten.

Alices Gesicht war vom Schmerz gezeichnet. Dennoch hatte sie mich mehrmals angelächelt, wie um mir zu zeigen, daß sie sich freute, mich zu sehen, um mir zu bedeuten, daß die Vergangenheit vergessen war. Vielleicht interpretierte ich ihr Lächeln nur so, aber ich hatte wirklich den Eindruck, daß die Spuren der Vergangenheit sich verloren. Und ich sollte verstehen, warum. Warum die Gegenwart alles zuvor Gewesene löschte.

«Es ist wegen Lise», sagte Alice.

«Lise?»

«Ja, wegen Lise. Sie ist tot.»

Mir fehlten die Worte, und Alice konnte nicht weitersprechen, denn die Tränen erstickten ihre Stimme. Ich nahm ihre Hand. Einen Augenblick lang verspürte ich unendliche Scham, weil ich glücklich war, ihre Hand zu halten. Doch so war es, alles Unglück dieser Welt, das sich tatsächlich ereignet hatte, konnte das flüchtige Aufblitzen der Freude nicht verhindern, der Freude, Alices Hand zu berühren. Und auch sie schien glücklich zu sein, streichelte sie doch die meine, und der Moment, in dem wir unsere Hände streichelten, dehnte sich aus, und noch etwas weiter. So weit, daß wir einen weiteren Whisky tranken, und dann noch einen. Ich erfuhr, daß Lise wochenlang gegen einen Krebs gekämpft hatte, der sich rasch ausgebreitet hatte, wie tapfer sie gewesen war und wie viel Lebensmut sie bis zum Schluß gehabt hatte. Wie sie sich bemüht hatte, diesen Mut nicht zu verlieren, wie sie sogar Witze gemacht hatte und von der Zukunft sprach, als gebe es dort ernsthaft Ziele.

Alice hatte alles liegen- und stehenlassen, um sich um ihre Schwester zu kümmern. Über Monate hinweg hatte sie in einer Welt ohne Bestand gelebt. Sie hatte ihren Beruf aufgegeben, sich von ihrem Mann entfremdet, der nicht gewußt hatte, wie er mit der Situation umgehen sollte, weswegen sie ihm nicht böse war, und auch mit ihrer Tochter hatte sie nichts mehr anfangen können; manchmal war sie nicht in der Lage, Caroline auch nur in den Arm zu nehmen. Insofern war sie geradezu erleichtert, hier zu sein, in dem Anderswo ihres Lebens, das ich für sie seit je darstellte. Ihr Erzählen geriet immer wieder ins Stocken, sie brauchte Pausen. Das Händestreicheln war uns nicht mehr genug, wir gingen nach draußen. Der Regen hatte aufgehört. Wir lagen uns eine lange Weile in den Armen, *eine Weile, die unvermindert fortdauert.*

Es wurde dunkel, und Alice flüsterte:

«Fritz, ich will, daß du morgen da bist.»

«Ja.»

«Ich will, daß du zur Beerdigung kommst. Sie hat dich sehr gemocht, weißt du das? Wir haben oft von dir geredet.»

«Ich werde da sein.»

Ich sah sie davongehen, sie schwankte.

Mich erfüllte tiefes Mitleid.

II

Noch sehr aufgewühlt vertraute ich am Abend Iris an, daß ich Alice wiedergesehen hatte. Das Dramatische der Situation hätte ein wenig Anstand verdient gehabt, aber sie machte mir eine Art Eifersuchtsszene. Eine derart unecht klingende Eifersuchtsszene hatte ich allerdings noch nicht erlebt. Es war eine aufgesagte Szene, hinter der Methode steckte. Das Phantom von Alice, das in den Anfangsjahren unserer Beziehung so präsent gewesen war, hatte mittlerweile aufgehört zu existieren. Was Iris sagte, war das, was sie früher gedacht hatte. Ich hörte sie mir an, und mir kam das alles so weit weg vor. Mein Treffen mit Alice war ihr gleichgültig. So gleichgültig, daß sie gar keine Notiz nahm von den Umständen, unter denen dieses Treffen zustande gekommen war, sie ging überhaupt nicht auf Lise ein. Iris war gefühllos geworden. Gefühllos mir gegenüber. Beziehungen bringen nur gefühlskalte Monster hervor. Sie drehte sich um, und ich sah ihren Rücken. Ein paar Stunden zuvor hatte ich Alices

Rücken davongehen sehen. Welch eine Kluft zwischen diesen beiden Rücken. Und der Rücken, den ich nun vor Augen hatte, war sicherlich nicht der, den ich sehen wollte. Ich wandte diesem Rücken den Rücken zu, dachte an morgen und hatte Tränen in den Augen, die ich heute Nacht nicht zutun würde.

Am Friedhof war ich früh dran. Ich hielt es für besser, mich abseits zu halten. Alice hatte zwar gewollt, daß ich komme, aber es war ausgeschlossen, nun in den Kreis ihrer Familie zurückzukehren. Ich ging zwischen den Gräbern umher und war in Gedanken bei all den Toten, die große Überlegungen angestellt hatten, denen Freud und Leid widerfahren war, die in Genüsse gekommen waren, und vielleicht hatten all diese Toten auch ein erfülltes Sexualleben gehabt, und mein Leben sollte jetzt in diesem Augenblick stattfinden, ich wollte eine Frau kennenlernen, ein unbestimmtes Verlangen kam über mich, jedenfalls stieß ich Iris hier, zwischen den Gräbern, mehr denn je fort von mir.

*

Fritz (1979 –): Sympathischer junger Mann, der trotz chaotischer Kindheit ein brillanter Student war. Im Hause Larousse entwickelte er sich rasant zu einer Führungskraft, bereitete jedoch parallel unermüdlich eine vierbändige Schopenhauer-Biographie vor. Sein Elan scheint gebremst worden zu sein, als er eine Verbindung zu einer Schriftstellerin einging, von der jegliche Spur fehlt. In der zweiten Hälfte seines Lebens, die sich weitaus schillernder darstellt, verfolgte er im Besonderen das Projekt des Aufbaus einer Bibliothek, deren Leserschaft einzig und allein aus Frauen bestehen sollte.

*

Ich irrte weiter über den Friedhof, dann kam Alice. Ich sah sie in einiger Ferne, sie hielt ihre Tochter an der Hand, ein wunderschönes Mädchen, das in etwa so alt sein mußte wie Roman, und gleich hinter ihnen ging ein Mann, der der Vater des Mädchens beziehungsweise Alices Mann sein mußte. Bei einer Beerdigung macht man sich kein Bild von einer Familie. Die Tragödie schien alle in einer starren, geknickten Pose zusammenzuschweißen. Von meinem Platz aus wirkte es so, als herrsche die Bewegungslosigkeit vor. Da viele Leute versammelt waren, wagte ich, mich der Gemeinde anzunähern. Niemand erkannte mich. Der Trauerzug bewegte sich vorwärts, langsam, mir gingen Bilder von Lise durch den Kopf, wie sie durch den Flur hüpfte, als ich sie das erste Mal gesehen hatte. Weitere Bilder kamen hinzu, mischten sich unter die anderen, ihr Zimmer, die verfolgten Nazis, der Roman, den sie vorgehabt hatte zu schreiben. Bei jedem Schritt, den ich auf ihr Grab zu machte, fiel mir ein Bild ein, ich stellte mir eine Art persönliche Hommage zusammen.

Da spürte ich eine Hand auf meiner Schulter und drehte mich um. Es dauerte einen Augenblick, bis ich Alices Vater wiedererkannte. Er war immens gealtert. Von dem einst so selbstsicheren Herrn war nichts mehr übriggeblieben. Ganz zerknittert und verkümmert stand er mir gegenüber, ein Mann, der bald in die Haut eines Greises schlüpfen würde. Ich blickte ihm in die Augen und empfand unsägliches Leid. Wie soll ich sagen? Natürlich traf mich Lises Tod schwer, und es machte mir zu schaffen, wie mitgenommen Alice wirkte, doch der Anblick des verrunzelten Gesichts des Vaters traf mich direkt, ließ mich den Schmerz der ganzen Familie fühlen.

Unverwandt starrte er mich an und sagte: «Du bist es, Fritz. Ich erkenne dich wieder.»

«Ja, ich bin gekommen ...»

«Ach, Fritz ... warum nur? Warum muß uns so etwas passieren?»

Er konnte nicht mehr weitersprechen, er schluchzte heftig, er, der immer so stolz und stark gewesen war, er weinte nun an meiner Schulter wie ein Kind, wie ein im Sterben Liegender. Worte waren hinfällig, also schloß ich ihn in meine Arme, ich drückte ihn so fest ich konnte an meine Brust. Dann ging er wieder zu den anderen, hinüber zum Sarg. Für mich bestand kein Zweifel: Er würde seiner Tochter bald folgen.

Die Zeremonie war wirklich quälend. Einmal wandte Alice den Kopf und sah, daß ich da war. Gerne hätte ich ihr beigestanden, doch das war nicht meine Funktion.

III

Alice hatte mich im Telefonbuch aufgespürt, doch danach hatten wir unsere Handynummern ausgetauscht. Das mag harmlos erscheinen, aber es war ein komisches Gefühl zu wissen, daß sie da war, in meinem Adreßbuch, und daß ich nur eine Taste zu drücken brauchte, wenn ich mit ihr sprechen wollte. Alice in Reichweite ... Ich wußte nicht, ob ich ihr eine SMS schicken sollte. Welche Absicht würde ich damit verfolgen? Trösten wollte ich sie, bei ihr sein, ihre Hand halten, und das waren doch andere Gefühle als freundschaftliche. Hatte ich das Recht, so zu empfinden? Was dachte sie? Ich hörte auf zu überlegen und schlug ihr eine Verabredung vor. Sie antwortete umgehend, mit ja, aber nicht mit irgendeinem, sie simste mir ein deutsches Ja.

Wir trafen uns gleich am nächsten Tag. Reden erübrigte sich. Es war so etwas wie eine körperliche Unausweichlichkeit. Wir gingen in ein Hotel und schliefen miteinander, sicherlich der schönste Moment in meinem Liebesleben. Alice weinte und genoß zugleich unsere Leidenschaft. Der Tod ihrer Schwester hatte erotische Energien in ihr freigesetzt. Nun ja, ich dachte, es wäre der Tod, der sie in meine Arme trieb, doch das Gegenteil war der Fall: Es war die Notwendigkeit zu leben. Und dabei geschah etwas wirklich Merkwürdiges, wir schaukelten nämlich ins Glück hinein. In ein nahezu ekstatisches, glucksendes Glück. Alice trank, Alice war entsetzlich unglücklich, doch ihr Körper lehnte sich gegen das Unglück auf. Ich entdeckte in diesen Augenblicken einen Zug an ihr wieder, den ich ebenfalls liebte, und zwar gar nicht so sehr das «kleine Mäuschen» in ihr, sondern die schwer zu bändigende und leicht zu beleidigende Frau, die imstande war, Hals über Kopf hinaus in die Nacht zu fliehen. Hinter ihrem Lachen verbarg sich wahrlich der Überlebenswille, und hinter den unvermittelten Exzentrizitäten am Rande eines gewissen Wahnsinns stand der Gedanke, dem Jetzt ein Messer in die Brust zu rammen, um es festzuhalten.

Wir haben uns oft gesehen. Wenn ich daran zurückdenke, würde ich sagen, daß sich die Dinge einfach so ergaben. Ein Rendezvous, dann ein weiteres, und nach jedem Rendezvous das ständige Warten auf das nächste. Wir befanden uns beide in der gleichen Lage. Boten uns gegenseitig Schutz. Trösteten uns auf ein paar lächerlichen Quadratmetern, die wir der weiten Welt entwanden, über unsere Existenz hinweg. Schließlich hatte ich unser kleines Zimmer monatsweise gemietet. Es war unser Zufluchtsort, ein Raum, in dem wir noch einmal zwanzig sein durften. Mein Herz begann wieder zu pochen, heftig wie bei der ersten Liebe. Die körperlichen Erlebnisse waren intensiver als in der Jugend. Es gab keinerlei Halten mehr. Und weit mehr als ich sie wiederentdeckte, lernte ich Alice neu kennen. Sie hatte Überraschungen auf Lager, ihre Verhaltensweisen rührten mich an. Um die Wahrheit zu sagen, in meinem tiefsten Inneren glaube ich, daß das alles mit Lises Tod zusammenhing. Wer einen Bruder oder eine Schwester verliert, hat häufig den bedingungslosen Drang, für zwei leben zu wollen. Es war ein komisches Gefühl bei unseren erotischen Spielen, ich meinte, Lises Geist spüren zu können, ein Lichtstrahl, der dem Leben zustrebte.

Zehn Jahre hatten wir nicht miteinander gesprochen. Diese Zeit mußte aufgeholt werden, wir wollten uns alles erzählen und unsere Eindrücke austauschen. Das erste Thema waren natürlich unsere Kinder, und wir stellten erstaunt fest, daß sie im Abstand von wenigen Tagen zur Welt gekommen waren.

«Also zwei Skorpione», sagte Alice.

«Roman und Caroline, die beiden Skorpione ...»

Dies war erst der Anfang einer Reihe von seltsamen Fügungen. Als wir uns gegenseitig unsere Leben schilderten, bemerkten wir, daß sie ganz ähnlich verlaufen waren. Zum Beispiel hatten wir beide fast gleichzeitig unsere Partner kennengelernt. Und es gab weitere, noch verwirrendere Details.

«Sag bloß nicht, daß ihr in Kroatien wart.»

«Na doch, in Dubrovnik!»

«Wir auch!»

Wir hätten uns über den Weg laufen können. Somit entschieden wir uns, sämtliche Reisen, die wir unternommen hatten, auf einen Zettel zu schreiben. Im Jahr darauf hatten wir uns zur gleichen Zeit in Griechenland aufgehalten. Weil Alice mir nicht glauben wollte, zeigte ich ihr entsprechende, mit Datum versehene Photos. Wir waren am gleichen Tag auf der Akropolis gewesen. Im Intervall von ein paar Stunden waren unsere Familien dort hinaufgestiegen. Wir sahen uns an, erschrocken und zugleich verzückt, und es kam uns so vor, als wären wir nie getrennt gewesen (jedem sein Doppelleben).

Nach einigen Wochen im Dämmerlicht des Hotels gingen wir ins Freie. Wir machten Spaziergänge, trafen uns zum Mittagessen, gingen ins Kino, besuchten Museen, unterhielten uns über Bücher. Es schien mir, als lebte ich das Leben, das ich vor zehn Jahren gelebt hatte, noch einmal. All diese

Szenen waren ein Abziehbild meiner Jugend. Wir führten ein von der Zeit losgelöstes Dasein, und manchmal glaubte ich, daß noch alles möglich war. Ich dachte, es wäre nichts passiert, ich hätte die letzten zehn Jahre nur geträumt. Der Alptraum habe bloß etwas länger gedauert als andere. Die jetzige Alice war die Alice, die ich seit jeher kannte. Ich fand ihre Sanftmut wieder, ihre Art, mit weit aufgerissenen Augen zuzuhören, ihre so aufmerksamen Augen. Sie war meine Vertraute, meine Geliebte, meine versäumte Liebe und meine Freundin. Sie war erotisch und spröde. Sie weckte mich und wog mich in den Schlaf. Sie war definitiv die gleiche wie am ersten Tag, und das machte einen Idioten aus mir. Ich ging ganz nahe an ihr Ohr heran und sagte: «Laß uns miteinander schlafen, so als ob wir existierten!» Sie verstand nicht, aber das machte nichts. Sie existierte und blickte so anmutig drein, daß Schopenhauer dazu der Begriff der *Tragödie des Augenblicks* eingefallen wäre.

Eines Tages, als wir zusammen im Hotelbett lagen, klingelte mein Telefon.

«Wieso gehst du nicht ran?» fragte Alice.

«Das ist Paul. Ich ruf ihn später zurück. Erinnerst du dich an ihn?»

«Ach ja. Was ist aus ihm geworden?»

Ich erzählte ihr also Pauls Geschichte. Welche Bedeutung er in meinem Leben gehabt hatte, besonders in Krisenzeiten. Seit einer Weile sah ich ihn nicht mehr so oft. Trotzdem konnte man nicht behaupten, daß die Verbindung abgebrochen war. Er spielte nach wie vor eine Rolle in meinem Leben, wir sprachen uns einmal pro Monat und erbrachten uns gegenseitig den Nachweis, daß wir noch lebten. Auf meiner Mailbox hatte er eine verblüffende Nachricht hinterlassen. Ich mußte einfach lachen. Alice erkundigte sich, was los sei. Infolgedessen erstellte ich einen Lexikoneintrag:

*

Paul und Virginie (2001 –): Einträchtig zusammenlebendes Paar, ganz im Stile ihrer illustren Vorfahren. Sie lernten sich über das Internet kennen, zogen es aber vor, eine romantischere Geschichte zu erfinden, in der sie beide an einer Lachsallergie litten. Sämtlichen Zeitzeugen zufolge handelte es sich um eine friedliche, um nicht zu sagen vollkommene Verbindung. Nie wurde ein Wort lauter als das vorhergehende ausgesprochen. Die Geburt ihres Sohnes Gaspard, ein rundes und fröhliches Baby, das sich eines prächtigen Patenonkels rühmen durfte, symbolisierte ihr niet- und nagelfestes Glück. Wie viele andere Paare holte sie das Gefühl ein, kein besonders packendes Leben zu führen, und so beschlossen sie, sich zu trennen. Ihr Umfeld reagierte reichlich überrascht, denn beide verkörperten ein harmonisches und ausgewogenes Traumpaar. Da ereignete sich etwas Erstaunliches. Während des Scheidungsprozesses waren sie sich in allen Punkten derart einig, daß ihnen das Ganze ziemlich lächerlich vorkam. Sie entschieden sich, wieder zusammenzuleben.

*

Alice lachte über diese Geschichte, die in ihren Augen «Schwachsinn» war. Das ist genau das Wort, das sie gebrauchte. So ein Schwachsinn. Und ich fand es auch Schwachsinn. In Sachen Schwachsinn waren wir ganz einer Meinung. Pauls Nachricht hatte so fröhlich geklungen, nach langen, recht traurigen Wochen. Sie waren wieder vereint, und ich wurde den Gedanken nicht los, daß dies ein Zeichen war. Eine Fügung. Ich fand Alice wieder, und ich wünschte mir so sehr, daß wir noch einmal von vorne anfangen könnten. Doch ich traute mich nicht wirklich, das Thema anzusprechen. Sie war in Trauer, der einzig unmittelbare Plan, den man in solchen Momenten des Lebens schmiedet, heißt Atem schöpfen. Die Geschichte von Paul und Virginie erheiterte uns noch eine ganze Weile, und ich nutzte die euphorische Stimmung, um meinen Kopf unter ihre Achseln zu stecken. Was sie so kitzelte, daß sie mich zurückstieß.

«Oh bitte! Laß mich an deinen Achselhöhlen schnuppern.»

«Oh, das hatten wir schon lange nicht mehr.»

«Du weißt, wie sehr ich das liebe ... Das ist für mich so wie die Madeleine für Proust!»

«Immer diese Schrullen, Fritz.»

«Nein, ich rieche an deinen Achseln, und schon kommen mir die schönsten Bilder von dir in den Sinn ...»

Ich stand auf, hüpfte auf dem Bett herum und schrie:

«Ein Hoch auf deine Achselhöhlen! Es leben deine Achselhöhlen!»

(Genau in diesem Moment ging die Putzfrau an der Tür vorbei und seufzte: «Die zwei sind echt pervers.»)

Wir waren so glücklich.

Unsere Liebe würde noch einmal von vorne beginnen.

IV

Die Wochen zogen ins Land, insofern mußten wir endlich einmal unsere Lage besprechen: Alice und ich waren ein Liebespaar. Die Frau, die meine Frau hätte werden sollen, war meine Geliebte geworden. Das Ganze glich einem Boulevardstück, ein seltsames Empfinden für jemanden, der sich sonst nur in engen Gassen bewegt. Warum brannten wir nicht einfach durch oder brachten die Angelegenheit ans Licht? Ich hätte es so gewollt, doch ich sollte bald erfahren, daß für Alice die Dinge anders lagen.

Meine Leidenschaft konnte ich frei ausleben; ich meine, die Geschichte mit Iris war schon vorbei, bevor Alice aufgetaucht war. Iris war verwelkt, sie hätte niemals den Namen einer Blume tragen dürfen. Oft, wenn ich sie insgeheim beobachtete, empfand ich fast Mitleid, denn ich sah, wie vertrocknet sie war. Bald würde sie das Romaneschreiben aufgeben, und wie jeder Schriftsteller, der das Schreiben aufgibt, hatte sie in einem letzten Aufflackern begonnen, ihr Leben aufzuschreiben. Ich las die Episode mit der Krawatte. Es war sehr befremdlich, als Roman wiederzulesen, was ich ihr einmal bedeutet hatte. Das Ich, dem ich begegnete, war durch die Erinnerung und insbesondere durch die gemeinsam verbrachten Jahre verzerrt. Wieso wollte sie denn ihren ersten Eindruck zu Papier bringen? War das wirklich wichtig? Ich weiß nicht. Ich weiß nur, daß es für mich ein Schock war, auf eine Version zu stoßen, die so stark von meiner eigenen

Erinnerung abwich. Man kann drei verschiedene Arten von Meinungsverschiedenheiten mit jemandem haben: im Hinblick auf die Zukunft, mit Blick auf die Gegenwart und bei der Betrachtungsweise der Vergangenheit. Und eines ist sicher: Sollte man es mit der dritten Art zu tun bekommen, ergeben sich die anderen beiden zwangsläufig daraus. Beim Durchlesen dieses autobiographischen Abschnitts wurde mir klar, daß unsere Liebe zu Ende war. Es mußte nun nur noch ausgesprochen werden. Auf Entscheidungen folgen nicht immer Worte. Um das, was mit den Händen zu greifen war, in die Praxis umzusetzen, brauchte es Zeit. Doch dadurch, daß ich Alice wiederhatte, brachte ich eines Abends die Stärke und Kraft auf, schlichtweg zu sagen: «Es wird Zeit, daß wir uns trennen.»

Iris antwortete nichts. Anscheinend war das ihre Art, es hinzunehmen. Sie wirkte so losgelöst von allem, daß sie womöglich auch einverstanden gewesen wäre, wenn ich ihr nahegelegt hätte, noch ein zweites Kind in die Welt zu setzen. Ich konnte ja unmöglich wissen, was tief in ihrem Inneren vorging. Und folgerichtig wurde ich am nächsten Morgen von einem tränenreichen Erwachen überrascht:

«Fritz, ich bitte dich, geh nicht. Ich brauche dich.»

«Aber es ist vorbei. Das weißt du so gut wie ich.»

«Es ist wegen Alice, stimmt's?»

«Nein.»

«Du kannst sie ja treffen. Du kannst tun und lassen, was du willst. Aber ich will, daß wir zusammenbleiben.»

Was war über Nacht in sie gefahren? Plötzlich erschien sie

mir im Licht der Leidenschaft, und ich muß sagen, mit ihrem Umschwung brachte sie mich ganz durcheinander. All die Jahre hatte ich versucht, das Unmögliche möglich zu machen, um unsere Liebe zu retten, appellierte an ihr ausgedörrtes Herz, und nun stürzte sie die Vorstellung, ohne mich leben zu müssen, in Verzweiflung. Ihr Gefühlsausbruch schien mir wirklich ehrlich zu sein, und so fügten sich in meinem Kopf die Bilder unserer Vergangenheit wieder zusammen, so deutlich, so scharf, daß ich sogleich vollends aufgelöst war. Vielleicht beging ich eine Dummheit, wenn ich sie verließ. Vielleicht würde sie sich anstrengen und wieder diejenige werden, die ich geliebt hatte, oder zumindest ein Schatten davon.

«Laß uns übers Wochenende wegfahren. Fort von hier ...», schlug sie vor.

Und ich war einverstanden.

Wir brachen auf nach Deauville. Am Steuer leistete ich mir nicht die leiseste Geschwindigkeitsüberschreitung, mir war daran gelegen, alles so gut es ging unter Kontrolle zu haben; wenigstens alles, was nicht meine Gefühlswelt betraf. Dort angekommen, mieteten wir ein Zimmer im erstbesten Hotel. Iris ließ mir ein Bad ein (das letzte Mal, daß sie das getan hatte, lag Jahrzehnte zurück) und erwartete mich im Bett, lasziv und lächerlich wie eine gealterte Schauspielerin, die die Rolle eines jungen Mädchens spielen will. Ich hatte nicht mehr das geringste Verlangen nach ihr und betrachtete das Zimmer, das mir wie das absurde Dekor einer fleischlosen Liebe erschien, einer Liebe, die schon vor langer Zeit der Zersetzung anheimgefallen war. Während ich gebadet hatte,

hatte Iris die Minibar leer getrunken. Wir gingen besser nach draußen, Luft schnappen. Der Himmel war grau, trotzdem tummelten sich die Leute am Strand. Wir gingen spazieren: ein Mann und eine Frau, in dem Film von Claude Lelouch macht's schawadawada, hier nicht.

Schließlich stiegen wir wieder ins Auto und fuhren Richtung Étretat. Dort war weniger los. Iris kam mir zunehmend wie eine Fremde vor. Doch was mich fertigmachte, war weniger, daß sie am Rande des Wahnsinns stand, mehr der Meeresrand. Es gab einen Augenblick, in dem ich sie in meine Arme drückte, eine Geste vollendeten Mitleids. In mir wohnte nicht einmal mehr ein Hauch von Liebe. Ich glaube, sie konnte es spüren.

«Und wenn ich mich die Felsklippen hinunterstürze? Und wenn ich mich jetzt hinunterstürze?»

Ich stellte mir vor, wie ihr Körper unten zerschellte.

«Mach keinen Blödsinn. Komm, wir fahren nach Hause.»

Sie kam mir vor wie ein kleines Mädchen. Wir fuhren im Hotel vorbei und holten unsere Sachen. Und machten uns ohne Übernachtung wieder auf nach Paris. Unser kleiner Ausflug, der nur ein paar Stunden gedauert hatte, bedeutete das Ende unserer Beziehung, wir hatten eine groteske Abschiedstournee unternommen. Iris sah das genauso. Sie hatte sich am Morgen an die Idee geklammert, daß aus uns noch etwas werden könnte. Doch sie hatte alles verdorben, sie wußte es wohl. Vor langem schon war sie in eine Spirale der Dunkelheit eingetaucht, womöglich machte sie eine echte Depression durch.

V

Tags darauf rief ich Alice an. Ich wollte mich mit ihr zum Mittagessen verabreden, ihr sagen, daß ich nun frei sei, was keine Auswirkungen auf unser Verhältnis habe, doch würde ich gern hören, mit welchen Absichten sie sich trage. Würde sie das gleiche tun wie ich? Es fanden keine stundenlangen Erklärungen statt, es war einfach, entsetzlich einfach. Kaum hatte sie sich hingesetzt, schon eröffnete sie mir, daß sie ihren Mann nicht verlassen würde.

Ich will ihre Entscheidung nicht auseinanderdröseln. Und ich will nicht glauben, daß unsere Vergangenheit irgendeinen Einfluß darauf genommen hatte. Vermutlich war es schlicht eine Frage der Erziehung. Man trennt sich nicht, wenn man ein Kind hat, das noch nicht einmal zehn ist. Alice hatte schon immer nach strengen Prinzipien gelebt, und mir wurde nun klar, daß sie davon nicht abweichen würde. Doch wenn ich glaubte, dies war der Hauptgrund, täuschte ich mich. Einige Tage zuvor hatte Alice ein langes Gespräch mit ihrem Mann geführt. Sie hatte ihm alles gestanden, woraufhin er auf sie zugegangen war und sie einfach in die Arme geschlossen hatte.

«Ja, ich weiß», hatte er gesagt. «Ich weiß.»

Alice hatte ihn angesehen, und sie hatte verstanden, wie sehr er unter dem Ganzen gelitten hatte. Für dieses Schweigen, das ein ungeheurer Liebesbeweis war, würde sie bei ihm bleiben. Aufgrund dieses Schweigens würden sie weiter zusammenleben.

Unser Liebesabenteuer neigte sich also dem Ende zu. Wir trafen uns zum Mittagessen. Doch weder sie noch ich bekam einen Bissen hinunter. Weitaus leichter fiel uns das Trinken, dem wir uns zügellos hingaben. Unser letztes Rendezvous würde ins Wanken geraten. Nachdem wir das Lokal verlassen hatten, wollte ich zum Friedhof gehen, Lises Grab besuchen. Es war so etwas wie das Bedürfnis, diese Zeit abzurunden. Auf dem Friedhof würden wir uns trennen. Als wir dort ankamen, dürstete es Alice danach, sich noch ein wenig Mut anzutrinken. Wir betraten eine Kneipe, die so viel schlechten Geschmack besaß, den Namen «Le Terminus», also Endstation, zu tragen. Der Wirt war wohl ein Freund schwarzen Humors. Wir ließen uns inmitten dieses unglücklichen Völkchens nieder. Es war wirklich eine finstere Spelunke, und wir fielen etwas aus dem Rahmen. Ich weiß nicht mehr, wer von uns beiden zuerst einen Lachkrampf bekam, aber es war wirklich zum Lachen.

Prustend machten wir uns davon. Der Friedhofsaufseher bat uns, etwas leiser zu sein. Wir liefen den Mittelgang entlang, als mir plötzlich dieser Gedanke durch den Kopf schoß:

«Wollen wir uns nicht ein Familiengrab zulegen?»

«Ein Familiengrab?»

«Ja. Im Leben kommen wir ja nie zusammen. Also könnten wir wenigstens die Ewigkeit Seite an Seite verbringen.»

«Warum nicht!»

«Außerdem sparen wir so Geld.»

«Wie kommst du darauf?»

«Ist dir schon mal aufgefallen, daß für ein Einzelzimmer

im Hotel immer ein Zuschlag berechnet wird? Das heißt, wir sparen, wenn wir zu zweit ein Grab nehmen.»

«Du hast recht. Und die Ewigkeit dauert ja auch ganz schön lang. Wir sparen also richtig viel. Sehr scharfsinnig von dir, Fritz! Auf deine Gesundheit!»

Wir hatten eine kleine Flasche Champagner mitgenommen, die wir mit Lise trinken wollten. Und das taten wir auch. Wir stellten ein Glas auf den Grabstein, und anstatt die Blumen zu gießen, gossen wir ein wenig Champagner über die Stele. Alice lachte, und Alice weinte. Ich lachte, und ich weinte. Unsere Zeit sollte zu Ende gehen, und wir mühten uns, unsere künstliche gute Laune aufrechtzuerhalten. Zudem kam mir alles plötzlich ungemein absurd vor. Auf einem Friedhof befällt einen der Gedanke «das Leben ist zu kurz» immerhin aus gutem Grund. Es war lächerlich, also ergriff ich Alices Arm und hielt ihn ganz fest:

«Wir müssen zusammenbleiben. Wir sind die Beatles.»

«Da siehst du's, die haben sich auch getrennt.»

«Ja, aber all ihre Fans waren traurig. Wir müssen wegen unserer Fans zusammenbleiben. Wir sind Alice und Fritz, ich meine, das ist doch schon was. Wir haben eine gemeinsame Zahngeschichte. Und über unseren Köpfen dröhnt das Gelächter.»

«Ja, aber das geht nicht.»

«Und wenn ich dich darum bitte? Und wenn ich mich auf den Boden werfe und dich anflehe, bei mir zu bleiben?»

«Hör jetzt auf, Fritz. Du hast zuviel getrunken. Und ich auch.»

Das war zwar richtig, daß wir zuviel getrunken hatten,

aber der Verstand mußte ausgeschaltet werden. Wir benötigten ein Visum für das Verschwommene.

Der Alkohol tat wahrlich seine Wirkung. Alice krabbelte auf allen Vieren die Friedhofsalleen entlang, und ich hatte Schwierigkeiten, ihr zu folgen. Unverhofft stieß ich auf das Grab des Malers Bernard Réquichot, ein überaus seltsames Gefühl, in diesem Augenblick diesen Namen zu lesen. Ich hatte so oft über sein Leben nachgedacht, seinen Selbstmord, seine Schriften, und er war immer noch da, in diesem Moment, und schaute mir zu. Als würde sich der Blick einer gescheiterten Nachwelt auf mich richten. Alice rief mich, und ich versuchte, mich in ihre Richtung zu begeben. Der hübsche Ausblick auf ihren Hintern, den ich genoß, löste in mir den Gedanken aus, daß ich nie wieder diesen Po anfassen würde. Während ich ihr folgte, ließ ich unzählige Bilder unserer erotischen Laufbahn an mir vorüberziehen. Gleich einem Sterbenden, der noch einmal die Bilder seines Lebens vor sich ablaufen sieht. In allen erdenklichen Stellungen streifte sie durch meine Phantasie, heilig und lüstern, ich hätte daran vergehen können.

Wir waren wie primitive Tiere, die um Särge herumschlichen. Wo wollte sie hin? In der Ferne war eine Menschenansammlung. Ich rammte Alice von hinten, da ich nicht bemerkt hatte, daß sie stehengeblieben war. Im Stile zweier lebendiger Krücken versuchten wir, gemeinsam aufzustehen, hielten uns aneinander fest, um nicht umzufallen. Wir beschlossen, uns dieser Gruppe anzuschließen, erfüllt von der

Zeitlosigkeit des Ortes: Wir wußten nicht mehr, wo wir waren. Die Sonne brannte auf uns nieder, und das kam unserer Trunkenheit nicht gerade recht. Mich erinnerte diese Sonne an den Tag, an dem unsere Hochzeit hätte stattfinden sollen. Ich hielt Alice an.

«Was ist?» fragte sie.

«Ich will dir ein Jawort geben.»

Sie gab mir einen Kuß. Wir mußten weiter, dem Pulk entgegen, dem ehesten Ziel in Sichtweite. Wir standen nun unter tränenüberströmten Menschen. Alle wandten ihre Köpfe zu uns um, wir sahen Frauen weinen, doch alles schien so verschwommen, und immer verschwommener, das Schwarze konnte genausogut weiß sein, und wohl daher schrie Alice:

«Es lebe das Brautpaar!»

Und auch ich schrie:

«Es lebe das Brautpaar!»

Ein Mann kam auf uns zu und begann, uns kräftig zu stoßen. Er schien sehr stark zu sein, fast wie ein Riese, denn er packte jeden von uns mit einem Arm.

«Was ist los?» wollten wir wissen.

Er sagte nur, daß hier eine Beerdigung abgehalten werde, und daß wir uns schämen sollten. Dann schrie Alice:

«Es leben die Toten!»

Ich wollte es ihr gleichtun, doch in dem Moment, in dem ich den Mund aufmachen wollte, bekam ich einen heftigen Kinnhaken zu spüren. Ich kippte um.

Obwohl ich schwer getroffen war, realisierte ich, wie ich weggetragen wurde. Als ich wieder zu mir kam, befand ich mich in einem Einsatzwagen der Polizei. Alice saß mir gegenüber. Wir waren mitten am Nachmittag straffällig geworden, hatten blaugemacht. Auf dem Revier steckte man uns in die Ausnüchterungszelle. Wieder bei Sinnen, sagte ich:

«Das war wirklich nicht gut, was wir getan haben.»

«Oh nein, das war wirklich nicht gut!» gab sie zurück und platzte lachend heraus.

«Bitte, Alice, bring mich nicht zum Lachen. Ich hab solche Schmerzen.»

Daraufhin näherte sie sich meinem Gesicht und begutachtete die Schäden. Ich hatte Blut im Mund, und ich fühlte mich fürchterlich aufgeschwollen.

«Du hast einen gebrochenen Zahn», stellte Alice fest.

«Welcher?» wollte ich gleich wissen.

«Der unsere, Fritz. Der dritte links oben. Genau, der ist abgebrochen.»

Sprachlos saßen wir da. Alles war immer nur eine Zahngeschichte.

Gegen Abend wurden wir entlassen. Unter Schmerzen war gerade die Nacht hereingebrochen. Alice ging davon, irgendwohin, wo ich ihren Rücken nicht mehr sehen konnte. Ich ging nach Hause und schluckte zwei Schlaftabletten. Am nächsten Tag war ich komplett arbeitsunfähig. Gegen Mittag verließ ich das Haus. Erst als ich ins Freie kam, fing ich an zu weinen. Nicht lange. Nur ein paar Minuten, und das tat mir gut. Ich ging in einen Spielzeugladen, dann in eine Buchhandlung und schließlich in ein DVD-Geschäft. Da lag der

Film *Wir waren so verliebt* von Ettore Scola, und mein Gedanke war: «Wir haben uns so getrennt». Ich stand eine ganze Weile davor, sah mir den Titel, das Plakat an, und ich wollte mich da hineinflüchten, in einen italienischen Siebziger-Jahre-Film.

EPILOG

Über Schopenhauer zu schreiben, ist nicht das beste Mittel, wenn es darum geht, sich moralisch wieder aufzurichten. Mein ganzes Leben war ich bestrebt gewesen, dieses Buch zu schreiben, das ich nie schreiben werde. Jetzt kann ich es ja sagen. Das ist so, als ob man ständig Koffer packt ohne je wegzufahren. Mir hatte ein Schopenhauer in fünf Bänden vorgeschwebt, warum eigentlich nicht in zehn, oder in zweiunddreißig Bänden, warum phantasiert man sich sein eigenes Leben eigentlich nicht endlos zusammen, wie all die Leben, die ich flüchtig überflogen oder in wenigen Worten zusammengefaßt habe, während mein eigenes vorbeigeht, ich spüre, daß es vorbeigeht, ich spüre es an den Knien, die ohne ein Sterbenswörtchen darüber zu verlieren still vor sich hin rosten, und es kommt mir fast so vor, als stehe der Lebensabend bereits vor mir, wie ein Freund aus der Kindheit, den man zufällig wiedertrifft. Ziehen wir alle irgendwann Bilanz? Was also gibt es zu sagen über mein Leben, nun da ich vierzig bin und eine einzige wesentliche Erfahrung gemacht habe: die des Verlusts von Glück.

Ich arbeite immer noch bei Larousse. Nach langem Zögern, und weil ich meinen Kaffee unbedingt in Gesellschaft trinken muß (zur Not auch in Gesellschaft eines stummen kleinen Würstchens), bin ich wieder in die Geschäftsräume des Verlags eingezogen. Man hat mir, da ich einer der ältesten Angestellten bin und schon seit zwanzig Jahren dem Haus angehöre, den Beinamen «das Gedächtnis» verpaßt. Ein paradoxer Spitzname für jemanden, der gern vergessen würde, was ihm hier widerfahren ist. Der Beruf verschafft mir recht wenig Gelegenheit, Frauen kennenzulernen. Manchmal tauchen neue Praktikantinnen auf, aber ich komme mir so alt vor, daß ich nicht mehr versuche, sie zu verführen. Dennoch hatte ich einige Affären, von denen eine immerhin zwei Jahre andauerte. Mit der Mutter eines Kumpels meines Sohns. Kinder zu haben kann sich auf ein Liebesleben ausgesprochen lohnend auswirken. All diese Elternversammlungen sind eine Brutstätte für Seitensprünge.

Es ergreift mich, wenn ich sehe, was aus ihm geworden ist. Roman ist ein bezaubernder und einfühlsamer Junge, der stets auf andere eingeht. Ich bedaure nur eines, er hat keinerlei künstlerische Ader. Schlimmer noch, er haßt es zu lesen. Wenn man bedenkt, welchen Vornamen er trägt und welchen Beruf seine Mutter hat, kommt dies fast einem Suizid seiner Herkunft gleich. Wie viele junge Menschen weiß er noch nicht wirklich, was er später einmal machen will. Im Augenblick schwirren ihm die Mädchen im Kopf herum. Er errötet, wenn er mir manchmal von dem einen oder anderen erzählt. Ich führe mit meinem Kind Männergespräche.

Oft denke ich an meine sinnlichen Erlebnisse. Ich habe mich bei den Frauen so ungeschickt angestellt, war in der Liebe so lächerlich. Die Verhältnisse, in denen ich gelebt habe, waren sehr beengt, und ich verstehe jetzt, daß alles mit der Gefühlsenge zusammenhängt, in die meine Eltern mich trieben. Der Gedanke an die unendlichen Weiten der Welt hat mich eingeschüchtert. Ich war nie bereit gewesen, Reisen zu unternehmen, die Postkarten meiner Eltern habe ich immer mit

Unbehagen betrachtet. Trotzdem war ich ein paar Mal in der Schweiz, was ich dort genau suchte, ist mir nicht ganz klar, sicherlich wollte ich einem stillen Schlupfwinkel nachspüren. Aber Achtung, bitte nicht glauben, daß ich mit vierzig kein prickelndes Leben führe. Ich habe Freunde, einen wundervollen Sohn, eine Arbeit, die mich geistig anregt, eine Liebschaft, die gerade zu Ende gegangen ist, die sich aber durch einige bewegende Glanzmomente, um nicht zu sagen schöne erotische Exkurse auszeichnete, ich habe Passionen, es gibt Menschen, die ich bewundere, von Franz Schubert über John Coltrane und Willem de Kooning bis Witold Gombrowicz, es gibt Kunstwerke, die ich verehre, *King Kong* von Frank Zappa oder *Die Geburt der flüssigen Begierden* von Salvador Dalí, und Sachen, die ich gern mag, wie Champignonrisotto, man fühlt sich wohl mit einem Champignonrisotto, und ich muß sagen, ich hege auch eine Leidenschaft für Suppen, im weiteren Sinne für alles, was man nicht kauen muß, und mein Leben ist ziemlich ausgefüllt, denn ich mag auch Sport, ich höre mir gern Fußballübertragungen im Radio an, ich laufe gern, und nach dem Laufen setze ich mich hin und schaue den Frauen hinterher, manchmal denke ich mir Geschichten für Passanten aus, manchmal weine ich und manchmal lache ich, manchmal gefällt mir ein schlechter Film, und ich denke oft an meinen Großvater, den ich so geliebt habe, und an Iris, die trotz allem wichtig war in meinem Leben, an Émilie, und selbstverständlich auch an Céline, Charlotte und all die anderen Vornamen, die in mir noch nachhallen, aber dazwischen erscheint immer wieder Alice, die unentwegte Alice, das Gelächter dröhnt immer noch über unseren Köpfen, eine erste Liebe, deren Urteil auf lebenslänglich lautet.

Einige Monate nach unserer letzten Trennung hatte sie mir anläßlich meines Geburtstags eine SMS geschickt, auf die ich postwendend mit dem Vorschlag eines Treffens geantwortet hatte. Doch sie hatte meinem Antrag nicht stattgegeben. Es war einfach nur eine Art, mir zu sagen, daß sie da war, daß sie an mich dachte, aber daß wir uns nicht sehen könnten. Ich nahm es ihr übel, sehr sogar. Denn in dem Moment, in dem ich ihre Nachricht erhalten hatte, hatte ich gerade angefangen, mich besser zu fühlen. Also legte ich mir eine neue Nummer zu und tauchte in die Anonymität ab. Ich hörte nichts mehr von ihr. Ich erfuhr nicht, daß nach Lises Tod noch weiteres Leid über sie gekommen war, daß ihr Vater kurze Zeit später bei einem Autounfall tödlich verunglückt war. Und dieser zweite Schicksalsschlag hatte ihre Mutter in eine tiefe Depression gestürzt. Éléonore zog sich langsam auf sich selbst zurück und sprach kein Wort mehr. Alice mußte stark sein, sehr stark, um den Zerfall ihrer Familie zu erdulden, und sie begegnete der Situation wie folgt: Sie fixierte sich ganz auf ihre Tochter. Es gab auf der Welt keine andere Aufgabe mehr als ihr Kind zu beschützen. Als Frau existierte sie nicht mehr. Seitdem ihre Mutter sich totschwieg, war sie sowieso nicht mehr in der Lage, Liebe zu empfinden oder mit ihrem Mann zu schlafen. Er verließ sie, es war besser so. Kürzlich hat er wieder geheiratet, eine recht berühmte Sängerin. Nun ja, das ist das, was man mir erzählt hat, ich hatte noch nie von ihr gehört. Im *Larousse* steht sie noch nicht. So sind die Jahre vergangen, bis wir uns wiedersehen sollten. Ja, Alice und ich haben uns noch einmal wiedergesehen, und das ging einzig und allein auf das Konto des Zufalls.

Unsere Kinder waren gleich alt, und wie viele Menschen gleichen Alters teilten sie gewisse Vorlieben. Caroline und Roman befanden sich mitten in ihrer Hippie-Phase, wo man die ersten Joints raucht, den Besuch beim Friseur und den Wekker am Morgen boykottiert. Die Zeit, in der man psychedelische Musik hört und schnell einem Kult anhängt. Man bewundert Che Guevara, Janis Joplin und Jim Morrison. Das Andenken an den Sänger der Doors, der auf dem Friedhof Père Lachaise begraben liegt, wird immer noch von Horden von Fans in Ehren gehalten, und es werden immer mehr, ein Mythos, der sich nicht abnutzt. Er wäre mittlerweile ein alter Mann, und ich versuche, ihn mir als solchen vorzustellen. Ich denke oft über das potentielle Leben derer nach, die jung gestorben sind, John Lennon oder Elvis Presley, und die Platten, die man nie zu hören bekommen wird. Wie hätte Jim Morrison heute mit siebzig ausgesehen? Ich glaube, er würde ein Handy besitzen und seine Mails checken.

Alice fehlte mir immer noch, aber auf eine zunehmend gelassene Art, eben so, wie man an einem süßen Wahnsinn leiden kann. Sie floß durch die Adern meiner Vergangenheit. Es verging kein Tag, an dem mich nicht eine unserer Erinnerungen heimsuchte, Alice hier und Alice da, wie wir uns auf deutsch gestritten hatten, wie ich sie mit einem Schild um den Hals von der Uni abgeholt hatte, alles erschien mir jetzt großartig durch den beschwichtigenden Filter der Jahre, und sogar an unser großes Drama konnte ich denken, ohne dabei ins Schwitzen zu geraten. Alice war für mich die Inkarnation der Schönheit, und das würde sie immer sein, sie war schön, für mich, den kleinen Herrn, der in einem engen Königreich lebt, mit seiner lächerlichen Vergangenheit, und noch heute, an dem Tag, an dem ich sie wiedersehen werde, empfinde ich eine unendliche Zärtlichkeit für die Kinder, die wir waren.

Es war ein komisches Gefühl, ihr hier wieder zu begegnen, auf einem Friedhof. Fast zehn Jahre nachdem ich sie auf einem Friedhof verloren hatte. Als hätte es die Zeit ohne sie nie gegeben. Ich stand etwas abseits des Gedränges von Jugendlichen, und sie schob sich aus dieser Menge hervor. Mein Herz begann zu pochen, und ich glaube, das ihre auch, denn sie kam mit einem Lächeln auf mich zu, das nervöse Züge erkennen ließ. Und nun standen wir einander gegenüber. Regungslos.

«Das ist ja verrückt, daß wir uns hier treffen.»

«Ja, verrückt», sagte sie mit dieser Stimme, die ich so vermißt hatte.

«Was machst du hier?»

«Ich bin mit meiner Tochter da. Man trifft sich anläßlich des fünfzigsten Todestags von Jim Morrison.»

«Ich weiß. Ich bin mit meinem Sohn da. Aber es sind zu viele Leute hier, deswegen bin ich ein bißchen zur Seite getreten.»

«Ja, das habe ich auch gerade getan.»

Nach einer Weile fragte ich sie:

«Geht's dir gut?»

«Ja. Und dir?»

«Ja, ganz gut.»

«...»

«...»

«Ich freue mich, dich zu sehen.»

«Ich auch. Ich freue mich auch.»

Wir hatten uns nicht einmal ein Küßchen gegeben. Da holten wir es plötzlich nach, und meine Hand strich über ihren Rücken.

Wir waren also beide mit unseren Kindern zu diesem Umzug zu Ehren von Jim Morrison gegangen. Als er in seiner Badewanne dahinsiechte, konnte er sich vorstellen, daß er es einmal zu einem solchen Mythos bringen würde? Daß die Kinder der Kindeskinder derer, die ihn gekannt hatten, ihn noch ein halbes Jahrhundert später vergöttern würden? Und vor allem: Konnte er sich vorstellen, daß Alice und Fritz, Helden einer anderen Epoche, es ihm zu verdanken haben würden, daß sie sich in der Menge seiner Bewunderer wiederfanden? Vielleicht hatte er nur dafür gelebt und war letztlich nur dafür gestorben.

*

Jim Morrison (1943 – 1971): Sagenumwobener Sänger der Doors, legendär für seine mitunter obszönen Auftritte. Zugleich tat er sich als Dichter hervor. Er starb in Paris, sicher an einer Überdosis, doch kursieren diesbezüglich viele widersprüchliche Gerüchte. Ganz ungewollt führte er das große Wiedersehen von Alice und Fritz herbei.

*

Ich dachte an all die Biographien von Berühmtheiten, die man schreiben könnte, bei denen man das Leben unbekannter Leute mit einbezog und ausführte, was die Stars unwissentlich im Leben der Unbekannten anrichteten. Jim Morrison hatte uns wieder zusammengebracht. Alle Künstler sollten in Paris sterben. In der Ferne erklang die schmerzliche Musik von *The End*. Caroline kam als erstes zurück, sie schien richtig aufgelöst, total erledigt, als hätte sie wirklich ein Konzert der Doors gesehen. Es war extrem merkwürdig, die Tochter meiner größten Liebe zu erblicken. Sie hatte so viel von Alice an sich, daß ich gar nicht anders konnte als sie zu lieben. Wobei mir diese Hingezogenheit leicht peinlich war. Dann trudelte auch Roman ein, im gleichen Zustand wie Caroline. So standen wir alle vier da. Alice erklärte ihrer Tochter, wer ich war, und diese sah mich an, als begegnete sie dem Mythos ihrer Mutter. Ich war so etwas wie Jim Morrison, die Rockmusik, die Drogen und die Dichtkunst mal abgesehen. Auch ich hatte Roman von Alice erzählt, und er betrachtete sie mit einer gewissen Ergriffenheit. Doch seine Ergriffenheit war weitaus geringer als die, die das Zusammentreffen mit Caroline in mir auslöste.

Langsam schritten wir die Alleen entlang. Es war wirklich ein schöner Tag. Wir waren von Toten umgeben, doch es war einer der lebendigsten Tage in meinem Leben. Ich fühlte mich leicht und glücklich, und ich beobachtete meinen Sohn, der gemeinsam mit Caroline vor mir her ging. Der Gedanke, den ich hatte, war lächerlich und flüchtig, und dennoch konnte man es sehen: Sie gefielen einander. Alice und ich schauten uns an, schweigend, und in diesem Schweigen schoß uns sicherlich beiden das gleiche durch den Kopf: Und wenn ihnen gelänge, was uns nicht gelungen war? Und wenn unsere Kinder einfach so weitergingen, Seite an Seite, wenn das Gelächter über ihren Köpfen dröhnte, wenn sie lange so weitergingen ohne sich zu trennen?

Nach einer Weile hatte ich Lust, mit meinem Handy ein Photo zu machen. Alice blieb in meiner Nähe. Caroline und Roman wandten sich uns zu und moserten ein bißchen an dem Vorschlag, ein Photo zu machen, herum. Und es vereinte sie noch mehr, daß sie zusammen an mir herummosern konnten. Ich hatte sie beide im Bild und zoomte langsam ihre Gesichter heran, ganz langsam, und ich hörte, wie sie ungeduldig wurden, aber ich wollte mir Zeit lassen, um den Augenblick ihrer ersten Begegnung festzuhalten, wobei noch etwas anderes bei diesem Photo mit hereinspielte, etwas, wovon sie nichts wissen konnten. Alice und ich wußten es, es war außerordentlich, wie der Zufall im Leben so spielt, und das sanfte Licht, das zu dieser Jahreszeit selten ist, verdeckte diesen Zufall, ein außergewöhnliches Licht. Ich hatte sie also beide im Bild, und ich konnte ihre Gesichter sehen, die Gesichter unserer Kinder. Und da traf mich blitzartig die eigenartige Erkenntnis: Sie hatten beide das, was man Glückszähne nennt.

ENDE